傍《かたわ》らの人

三羽省吾

幻冬舎

目次

装画　クボ桂汰
装幀　宮口　瑚

傍《かたわ》らの人

ヨンパチ

正体の分からないものに追い掛けられる不穏な夢から目覚めると、鼻腔が鉄の匂いでいっぱいになっていた。舌には、砂利のようなものが当たっている。

驚いて上体を起こそうとしたが、後頭部に鈍い痛みが走り「うッ」と声を漏らしてしまった。どうやら目が覚めたと言うよりも、意識が戻ったと言った方が正確なようだ。

何があったのか思い出そうと横になったが、見上げた天井がその前に考えるべき点を提起した。

どこだ、ここは。

痛みを堪《こら》えてなんとか起き上がると、呑み屋の片隅であることが分かった。馴染みではない、記憶にない店だ。誰かが椅子を八つ並べて、その上に俺を寝かせてくれたらしい。縄を編み込んだ座面なので、腕にも頬にも縄の跡が付いていた。

窓の外が薄らと明るいが、夜明けなのか夕暮れなのか定かではない。だが、客がおらず仕込みの匂いもしないということは、明け方なのだろう。

波の音が聞こえる。砂浜に打ち寄せる類《たぐ》いのものではなく、消波ブロックに当たって砕ける音だ。

徐々に記憶が蘇《よみがえ》ってきた。

「気が付いた？」

カウンターの中で、一人のオッサンが困ったような顔で笑っていた。

「派手にやられたねぇ」

やはり、誰かにノされたのだ。意識が飛ぶほどぶっ飛ばされた経験は、一度や二度ではない。だが、喧嘩でだとしたら初体験だ。

「はは、信じられないって顔だね。そっか、あんまり負けたことないんだ。いい身体《からだ》してるもんね」

オッサンはそう言いながらカウンターから出て来て、俺の前に温かいおしぼりと氷水の入ったビールジョッキを置いた。

「すみませ……」

そう言い掛けた時、口から白いものが飛び出した。さっき砂利かと思ったのはこれだ。口の中を舌先で探ると、奥歯の一部が欠けていた。

思い出した。顎にまともに貰ったのだ。咄嗟《とっさ》に奥歯を噛み締めたが間に合わず、意識を持って行かれてしまった。

いいパンチだった。痛みで戦意を喪失させるのではなく、意識そのものを刈り取る一発だ。偶然あのタイミングであの場所に入ったとは考え難い。つまり、相手は恐らく素人ではない。

俺の方も、かなりいいのを数発見舞った筈だ。だが相手は驚くほどタフだったし、何よりボディバランスが素晴らしく良かった。組み付いた時には、細身の身体の中心に太い芯のようなものを感じた。

「まだどこか痛む？　お医者さん、連れてってあげようか？」

項垂《うなだ》れて首の後ろを揉んでいると、オッサンがおしぼりを俺の頬にそっと押し当てて来た。間近に見るオッサンは、化粧も香水の匂いもしない。だが間違いない。ゲイだ。

俺は咄嗟におしぼりを払い除《の》けてしまった。

「あ、すみません」

「いいのいいの、そりゃ驚くわよねぇ。ぶっ飛ばされただけでも驚きなのに、気が付いたら私みたいなのと二人切りなんだもん。何かされたかと思っちゃうわよね」

「いや、そういう意味ではないんですが、その、過去に苦い思い出があってですね……」

「いいのよ、実際少し触ったんだから」

「えッ？」

「うそうそ、冗談よ」

「あ、あぁ、冗談ですか」

「ガタイも立派だけど、あっちもご立派なのをお持ちなのね」

「えぇッ！」

「あはは、冗談だってば」

『どっちだ?!』で頭がパンパンになっている俺を置き去りにして、オッサンはけらけら笑ってカウンターの中に戻った。そして何事もなかったかのように「味噌汁、飲んで行きなさいね。酔いが覚めるから」と言って準備を始めた。

頭パンパンではあったが取り敢《あ》えずそっちの方は考えないことにして、俺は改めて礼と詫びを言った。そして、何となく繋がりかけている昨夜の記憶のパーツを繋ぎ合わせるため、いくつか確認させてもらった。

「俺、昨日のこと殆《ほとん》ど覚えてないんですけど、誰かと喧嘩したんですよね？」

「あら、やっぱり覚えてないんだ。かなり酔ってたもんね」

オッサンが分かる範囲で説明してくれたところによると、喧嘩が勃発したのは昨夜十時過ぎのことだった。

いつものように常連客数名を見送ってすぐのこと、店先で大声がして、驚いて飛び出すと俺は既に暴れていたという。

「肩が当たったとか当たってないとか、そんなくだらない原因だったたって後から聞いたけど」

オッサンが見た限りでは、小競り合いを乱闘に持ち込んだのは俺の方で、誰彼構わず組み付いて放り投げたり殴り飛ばしたりを始めたそうだ。

店に残っていた他の客達も加わり俺を取り押さえようとしたのだが、俺の力が予想外に強かったもので警察を呼ぼうということになった。

しかし、一人の客が警察など呼べばもっとややこしいことになると言って、俺の前に立ちふさがった。

喧嘩のきっかけ云々の部分は記憶が曖昧なのだが、ここから先は比較的明瞭に俺の記憶に残っている。その男に、バケツの水をぶっかけられたからだ。

俺は言葉にならない声を上げて男に突進した。男はバケツを放り捨て、重心を低くした。

馬鹿野郎が、と俺は思った。まともに受け止めようとしている。体格差を考えていないらしい。

俺は遠慮なくぶちかまし、相手の胴に組み付いてそのまま押し倒そうとした。

ところが、俺の肩が胸に激突する寸前、男はそれを受け止めようとするのではなく一歩下がった。

俺は逃がすまいと更に深く踏み込む。両腕を胴に回しクラッチしようとしたが、酒のせいか自分で考えているほど下半身がついて来ない。

その時、男が俺の左足に右足を絡め、一緒に倒れ込みながら身体を大きく振った。

強《したた》かに酔っ払っていた俺にも、その意図は分かった。引っ掛けた足を支点に、俺の身体の上に回り込もうとしている。どういう原理か分からないが、俺の突進する力を利用されたような気がした。

ルチャリブレ？　カポエラ？　ブラジリアン柔術？　鴉天狗？

コンマ数秒、そんな単語が頭の中を巡った。やろうとしていることは理解出来たが、こんな曲芸みたいな技、見たことも聞いたこともない。

背中をアスファルトに打ち付けたのは俺の方だった。首に力を込め、なんとか後頭部は打たずに済んだものの、完全なマウントポジションを取られてしまった。

「目ぇ覚めたか、おっさん。もう、やめようや」

文字通り、上から言われてしまった。思うさま顔面を殴打出来る状態で、しかし男は拳を握ろうともしなかった。

幸いにもと言うか不運なことにと言うか、身長で十数センチ、体重は二十キロ前後、俺の方が上回っていた。その体格差を利用し、俺は力任せでマウントから抜け出し……今から思えば相手が力を緩めたとしか思えないが……、逆に男を押さえ込んだ。クローズドガードポジションだったが、これでほぼ勝負ありだと思った。

だが男は、加勢しようとする仲間に向かってこう叫んだ。

「手ぇ出さんで下さい。すぐ終わらしますけぇ！」

ムカついた。同時に、この状態でよくそんな台詞《せりふ》が言えるものだと感心もした。

俺は大きいのを見舞おうと拳を振り下ろし続けた。決定打はなくとも、普通ならその威圧感だけで下の者は亀の子のようになってしまうものだが、その男は違った。何発かまともに顔面にヒットしたし、その勢いで後頭部も何度か打っている筈なのに怯《ひる》まなかった。それどころか、ショートレンジで俺の胸から上を小刻みに叩き、膝と踵《かかと》を使って尻や足にも攻撃を加え続けた。どちらも、打撃と言うより軽く小突く程度のものだったが、小さなダメージは蓄積され、何より俺を苛《いら》つかせる効果は充分にあった。

その結果、力任せに拳を振り回していた俺の方が先にバテた。そして、焦りと苛立ちから強引に大きいのを狙い、上体を一際大きく反らせた瞬間、待ってましたとばかりに胴を挟んだ両足を捻られ、俺はバランスを崩した。

男はあっと言う間に立ち上がり、膝を突いている俺から距離を取った。

俺はゆっくりと立ち上がり、男を睨《にら》み付けた。

男に構えはない。両腕をだらんと垂らし、鼻血を流し、「分からんおっさんじゃのう」と言いながら、いかにも楽しそうに笑っていた。

一方の俺はと言うと、情けないくらいに息が上がっていた。全力で戦える時間は、一分かそこらしか残っていなかった。

だが相手の方だって無傷ではない。長期戦は無理だという条件は、同じだっただろう。

「来《け》ぇや、こら」

それを裏付けるように、男の方から挑発してきた。

男は店の入口を背負う位置に立っていた。俺はゆっくり回り込んで、男が海側の防波壁を背負うよう誘導した。さっきみたいに地面に押し倒せばこちらの消耗も激しいので、タックルしたまま壁にぶちかましてやるつもりだった。コンクリートに後頭部を強かに打ち付ければ、いくらタフでも気を失う。下手をすれば……。

死ぬなよ。

内心そう思いながら、俺は先程よりも更に低い姿勢を取り、アスファルトを蹴った。

百八十二センチ、八十六キロ。一般的には、その体格の人間からは考えられない動きだったのだろう。店先から「わッ」とか「え？」という声が聞こえた。

男までの距離は先程の倍以上、約七メートル。その距離の間に、俺は速度を保ったまま小さく二度のサイドステップを入れた。本来なら相手をかわすためのものだが、この場合は目線を動かし集中力を削《そ》ぐためのフェイントだ。

向こうは一度目のことが頭にあるから、腰から下へのタックルを警戒している。だがこっちの狙いは上半身だ。

俺は上体を迫り上がらせながら、相撲で言うカチ上げの要領で相手の顎を目掛けて肘《ひじ》を突き上げた。左右に加えて、上下のフェイントにもなった筈だ。

だが、そこに顎はなかった。顎だけではなく、身体ごと消えていた。

壁に激突する寸前で止まり、左右を見るが男の姿はない。

「おい」

男は、いつの間にか俺の背後に立っていた。防波壁を蹴って、突進する俺の上を跳び越えたとしか考えられない。

俺は何も考えずに組み付こうとした。一度目と同じパターンだ。完全に混乱していた。

だが相手の方でも、先程と同じことを繰り返しても埒が明かない、ガツンと大きい一発を見舞わなければ収まらない、と考えたらしい。

俺の腕が届く寸前、男はバックステップし大きく上体を仰《の》け反らせた。

次の瞬間、顔面の中心に電気のような衝撃が走り、つむった目蓋《まぶた》の中で派手な火花が飛び散った。やや間があって、顔の奥の方から血と涙と鼻水が一斉に吹き出して来るのが分かった。

一瞬、何を喰ったのか分からなかった。

まさか、カウンターで頭突き？

「まだ飛んだらおえんで」

朦朧《もうろう》とした俺の意識に、そんな声が届いた。

「シンジ、もうやめとけ！」

オーディエンスの誰かが言ったが、男は止まらず、膝を突きそうになった俺を無理矢理引き起こして防波壁にもたれさせた。

シンジと呼ばれたその男の顔は涙で歪《ゆが》んでいたが、俺にはその時、彼が笑っているのが分かった。

すげぇな、こいつ……。

そんなことを考えたら、膝の力が抜けてしまった。

そして、前につんのめった勢いを利用され、これまたカウンターでアッパー気味の右フックを顎に喰った。

俺の記憶は、そこで途切れている。

まともに貰ったのは、頭突きと右フックの二発だけだ。なるほど、気を失うほど打ちのめされた割に、目に見える傷が少ないわけだ。

洗面所の鏡を覗き込みながら、俺は妙に感心してしまった。

鼻の奥に違和感があったので思い切り鼻をかむと、けっこうな量の血の塊が出て来た。口の中もいくらか切れている。相手に傷付けられたところは、そんなものだ。拳の擦過傷は、ベルトかジッパーを殴った時に出来たものだろう。

「俺を殴り飛ばしたあの人も、この店の常連なんですか？」

洗面所から戻ってそう訊《たず》ねると、オッサンは返事をする前に新しいおしぼりを渡してくれた。さっきの血が顔に付いていたらしい。

「まだ半年くらいだから、今のところは常連客のお連れさんって感じかしらね」

「何者ですか？　やっぱり、ボクシングとか空手とかやってる人ですか？」

「詳しいことは知らないけど、見る限りただの元ヤンじゃないかな。少なくとも、努力して何かを会得するってタイプじゃないわね」

ただの喧嘩自慢のヤンキー上がりにやられたのか、俺は。酔っていたとはいえ、ますます屈辱的だ。

「この界隈は昔から港湾労働者が多くてね、喧嘩沙汰なんか珍しくなかったんだけど、昨日のアレは久々に派手だったよ」

「じゃ、あの人も港で働いてるんですか？」

「ううん、土建屋の常連さんが〝現場で顔見知りになったから連れて来た〟って言ってたから、建設関係じゃないかな」

「住んでるのもこの辺りですか？」

「さぁ、そこまでは」

「そうですか……」

オッサンは意味あり気な笑みを浮かべて、「そんなに気になる？」と訊ねた。

慌てて大きく首を横に振ったが、我ながらその笑みも無理はないと思った。これではまるで、たまたま入った店で好みの女に出くわした男ではないか。

「お兄さんこそどうなの？　いい身体してるけど、何やってる人？」

「え？　えぇ、まぁ、同じような仕事でしたね」

「〝でしたね〟って？　今は違うの？」

俺はその問いに対する答えを探すような振りをして、血の付いたおしぼりでカウンターの上を丁寧に拭いた。何も答えなかったのに、オッサンは「そう」と呟《つぶや》いた。それから「じゃ、昔は？」と質問を変えた。

「ボクシングって感じじゃないけど、柔道とかレスリングとか、やってたでしょ」

「いや、やってないですよ」

「嘘だ。絶対、何かやってる」

「本当です。格闘技とか、まったく未経験です」

オッサンはまた「そう」と呟いて、それ以上は訊ねなかった。

俺の勝手な思い込みかもしれないが、こういう人は鋭い感性でこちらの心を察してくれるタイプと、逆に分かっていながら逆撫でするタイプに分かれる。このオッサンが前者であることは、今の俺にとってとてもラッキーなことだ。

「はい、どうぞ。口の中、切れてるでしょ。気を付けてね」

湯気を立てているお椀がカウンターに置かれ、俺は無意識に「わあ」と子供みたいな声を上げてしまった。

「ありがとうございます。じゃ、遠慮なくいただきます」

シジミとワカメとネギだけのシンプルな味噌汁だった。だが、一口すすって思わず「美味い」と唸《うな》ってしまった。

気を良くしたオッサンは、握り飯を二つ握ってくれた。ただの塩むすびだったが、それも抜群に美味かった。

「そう？　良かった」

そして、上手い。

美味い物を喰わされると、色々なことがどうでもよくなる。たとえそれが、泥酔した挙げ句に見ず知らずの人に喧嘩を売り、おまけにその相手に気を失うほど打ちのめされるという最高に格好悪い出来事であっても、〝それがどうした、取り敢えず飯だ〟という気分にさせられる。

「あの、俺、津村っていいます」

だから、礼と詫びだけ言って名前も告げずに消えるつもりだった男にも、いくらかこちらの素性を明かさなければならないような気がしてくる。

昨夜、俺があんなに泥酔していたのは、身を寄せていた飯場を出て行かざるを得なくなったためだ。プレハブの中の二段ベッドの上段、薄汚れたカーテンで世間と仕切られたその一畳分のスペースだけがやっと手に入れた我が家だったのに、それすら失ってしまい、昼間から呑んだくれていたのだ。

この海沿いの町には縁も所縁《ゆかり》もなく、ただぶらぶらしていて辿《たど》り着いただけだ。きっかけなど何でもよく、ただ苛立ちのはけ口を探していて、荒っぽい労働者が多い港町の匂いに引き付けられたのかもしれない。

「それはお気の毒に。次の仕事は？」

「まぁ、当てがないわけでもないけど、それも色々と事情があって踏ん切りが付かなくて……」

「ここ、口入れ屋みたいなこともやってるんだけど、どう？　身体を預けてみない？」

口入れ屋？　身体を預ける？

俺は完全に勘違いをして、椅子から腰を浮かして数秒固まった。

「あはは、馬鹿ねぇ、違うわよ。仕事を斡旋してあげようかって言ってんの」

そりゃそうだ。口入れ屋に俺が考えているような意味はない。だが、よりによって何故《なぜ》そんな言い方をチョイスするのだ。と言うか、俺のこういうリアクションを狙って、わざわざ使ったのか？　どうでもいいが、ややこしいことをしやがる。

「本業でやってるわけじゃないし、最初の紹介料を頂くだけ。それ以降はたまにここに来て呑んでくれればいいの。下手な人材派遣会社に登録するより、ずっとお得よ。袖摺り合うも他生の縁って言うでしょ。どう？」

「はぁ……」

少々不気味ではあるが、このオッサンは悪い人には見えない。実際、店の前で暴れた見知らぬ酔っ払いである俺を、警察に突き出すでも野ざらしにするでもなく、店の片隅で介抱してくれたのだ。その上、ここ数年は食べたことがない、最高に美味い味噌汁と握り飯まで喰わせてくれた。

そんなこんなは別にしても、俺はこの話を受けなければならないような気がした。金銭面のことではない。なんとなくこの奇妙な出会いにきっかけのようなものを感じていたし、なんとなく店の雰囲気や喰わせて貰ったものに懐かしさを覚えたし、なんとなくあの男にはもう一度会わなければならないような気がしたからだ。

なにぶん全てがなんとなくなので、なんとなく即答は避けたが、数日以内に返事をすると言ってオッサンと電話番号の交換をした。

「あの人がまた来たら、俺が謝ってたって伝えて貰えますか」

席を立ちながら俺がそう言うと、それまでニコやかに話をしていたオッサンが急に表情を曇らせ、「それはいや」と完全なオネエ言葉で言った。

俺は適当な別れの挨拶のつもりで言っただけなので、少し面喰らってしまった。だが「それは自分で直接、言うことじゃない？」そう言われ、なんとなくではなくはっきり、ごもっともだと思い直した。道徳の教科書に出てきそうなくらい分かり易い正論だ。

俺は「そうですね」と返事をし、味噌汁と握り飯の代金と迷惑料のつもりで千円札数枚をポケットから出し、オッサンと受け取る受け取らないのやりとりをし、結局「じゃカタチとして」と千円だけ置いて、その海沿いの赤提灯を出た。

何気なく携帯電話を取り出すと、同じ番号から二度、着信履歴があった。

留守番電話にメッセージは残されていなかったが、用件は分かっていた。この電話の主と最後に喋ってから、既に三ヵ月が経とうとしている。

「いっそのこと……」

ぽつりと呟いたが、続きが出て来なかった。

いっそのこと、番号を変えてしまえば済むのに。

それが出来ない自分を、喧嘩に負けたこと以上に情けなく思いながら、俺は昨夜通った筈なのに記憶にない防波壁沿いの道をとぼとぼと歩いた。


俺が再び、潮風と直射日光でよれよれになった縄暖簾《なわのれん》をくぐったのは、それから数日後のことだった。

客がいる時間帯だと迷惑だと思い、仕込み時を狙って午後四時過ぎに行ったのだが、仕事にあぶれた日雇いらしき労働者が既に三人ほど呑んでいた。幸運なことにあの日居合わせた者はおらず、俺の顔を見ても揃って無反応だった。

「あらツムちゃん、いらっしゃい」

　早速あだ名を付けてくれたオッサンは、常連客に「適当にやっててね」と告げると、ノートを片手にカウンターから出て来た。「本業でやってるわけじゃない」口入れ屋稼業に力を入れて、方々に声を掛けてくれたようだった。

　だが生憎《あいにく》、オッサンの伝手《つて》では俺が以前やっていたような住み込み可の工事現場仕事はなかった。

　他には港の荷夫、山間《やまあい》の住宅地造成現場、架橋工事現場などがあったが、その殆どが短期の仕事だった。

　俺はそれらの中から、交通誘導警備員を選んだ。

「いいの？　日当、下がっちゃうでしょ。それに、何日か初任研修を受けないと現場には出られないし、すぐにお金を貰うってわけにはいかないんだけど大丈夫？」

　オッサンはそんなふうに心配してくれたが、金銭面について俺はそれほど気にしていない。

　三十代半ばにもなって根無し草みたいに飯場を渡り歩いているのは、自ら望んでのことだ。喰い詰めてやってるわけではないし、アパートを借りるくらいの金は蓄えてある。

　俺にとって重要なのは、住居を固定しないことと、止まらずに身体を動かし続けることだけだ。

　細かい事情の説明は省いたが、俺は「大丈夫です」と答え、その代わり安く寝泊まり出来るところを知っていたら紹介してくれと頼んだ。オッサンは、ネットカフェやマンガ喫茶より安くて広い木賃宿を教えてくれた。

それから更に一週間ほどが経ち、俺は交通誘導警備員として現場に出始めた。

研修を終えると、まず最初に簡単な道路工事の現場を二つ三つやらされた。そこで基本的なことを経験した後で派遣されたのが、あの赤提灯の最寄駅近くにある複合商業施設の建築現場だった。下層階が商業施設、中層階がテナント、上層階が高級分譲マンションという、所謂《いわゆる》駅ビルと呼ばれる建物だ。

俺はこれまでいくつか工事現場を渡り歩いて来たので、警備員の仕事もある程度は知っているつもりだった。だが、その現場で一週間ほど働いてみて、この仕事を舐めていたと認めざるを得なかった。

行き交う車と歩行者を誘導するだけの仕事と違い、大きな工事現場では警備員のやるべきことは予想以上に多い。

まず、現場には施工会社の現場責任者の次に早く入らなければならない。施工会社と契約している地元の作業員はだいたい七時半から八時の間に入るのだが、それまでに通用門を開け、夜間用のサインポールを片付け、バリケード看板（カンバリ）やロードコーンを並べ、必要であれば歩行者マットや誘導看板を準備しなければならない。

そのうち作業員達が、鉄骨屋、鉄筋屋、クレーン屋、配管屋、型枠大工といった組ごとにぞろぞろやって来る。

鉄骨はほぼ組み上がり、下層階には内装屋や電気屋も出入りし始めているので、多い日は百名前後の人間が入場して来ることになる。

各組はワゴン車やバンで乗り合わせてやって来るのだが、ここの現場は駅前の大通りに面しているので通行人も多い。警備員にとっては、この時間帯が最もスリリングだ。

歩道には、サラリーマンやＯＬもいれば子供連れの主婦や小学生、逆方向へ歩く遊びつかれた若者や水商売風の人々もいる。そこを労働者を満載した車が横切ろうと空ぶかしを繰り返す。ありとあらゆる人種が行き交う、ちょっとしたカオスみたいな空間だ。

昭和ほどではないのだろうが、現在でも肉体労働者達のガラはあまりよろしくない。柵の中であれば施工会社の監督や監督補佐に任せておけばいいが、内と外の間で緩衝材《かんしょうざい》となるのは警備員の仕事だ。そして、これが最もやっかいなことなのだが、労働者達は警備員を「誰でも出来る楽な仕事をしている奴ら」という具合に見下している。ついこの間まで俺もそうだったのだから、間違いない。

遅刻ギリギリでやって来る労働者達の車を歩道の手前で止め、通行人を誘導し、一般車両を誘導し、あらゆる方向から怒鳴られ、なじられ、比喩ではなく唾まで吐きかけられ、現場が動き始める前から既にへとへとになってしまう。

だが、ここで一息吐《つ》くことは出来ない。

構内で朝礼が始まる頃になると、今度は待ってましたとばかりに通りに大型トラックや生コン車が列をなし、エアブレーキの音で警備員に誘導を催促する。

駅前という立地なので、本来なら資材や生コンの搬入は十時以降ということになっている。

だが実際は八時前には少し離れたところで待機していて、隙あらばと待ち構えているのだ。

一日に何箇所を回れるかがダイレクトに収入に影響する彼らにしてみれば、施工会社が駅や周辺住民と交わした約束など二の次だ。そして彼らは、施工会社に直接交渉するようなことはせず、搬入口の開閉と交通誘導を直《じか》に受け持つ警備員にしつこく文句を言ってくる。

「早くしてくれよ！　今、一瞬、人通りが途切れただろが！」

そして今日もまた、資材を満載した平ボテの運転手が俺に怒鳴る。俺は一応「十時まで入場出来ません」とマニュアル通りの言葉を返すが、当然のように「二時間も待てってのか！」と逆に怒鳴られる。

こちらの方はさすがに監督や監督補佐が「おいおいおい」とやって来る、かと思いきやそうでもない。彼らの方でも、気の荒い連中との接触はギリギリまで避けたいと思っているのだ。

「おい、烏丸《からすま》の！」

だがこの日は、平ボテのボディに描かれた社名を見た鉄筋屋の親方が駆け付けてくれて助かった。

「一昨日の鉄筋、碌《ろく》な結束じゃなかったぞ。クレーンで上げるんだから、荷崩れでも起こしたら死人が出ることにもなり兼ねん。頼むぜ、ホントによう」

「あぁ、その件ならもう社長《オヤジ》から聞いてるよ」

「なんだ、その言い方は！　下りて来い、コラぁ！」

騒ぎを聞きつけて、やっと監督が駆け寄って来た。思い切り『面倒臭ぇ』という表情を浮かべながら、猛り狂っている親方を「まぁまぁ」となだめ、運転手の方へも「烏丸さん、困るよぉ」と機嫌を取るような口調で言った。

「この間も同じようなこと、あったでしょ」

「そうだっけ?」

「あんまり続くようだと、ウチの現場への出入りは考えて貰うことになるよ」

そう言われて、運転手は「分かりました」と形ばかりの詫びを入れた。

実際は、この運転手にとってそんなことはどうでもいいのだ。自分が働いている工場が大きい現場との取引が出来なくなるということは、当の本人にとっても大問題なのだが、血の巡りが悪いのかそこまで想像力が及ばない。とにかく、目前の仕事を早く終わらせることしか頭にない。こういう点は、肉体労働者の世界も官僚や政治家の世界も大差ない。

「でもまぁ、来ちゃったもんはしょうがないから、今日のところは」

そう言って入場を促す監督もまた、同じようなものだ。

そんなこんなで朝からごたごたしっ放しで、通勤ラッシュが終わって本格的に現場が動き始めると、こっちも本格的に忙しくなる。

構内の作業員は正午からの一時間以外にも十時と十五時に小休止があるが、こっちはのべつまくなし入場して来る工事車両を誘導しなければならない。加えて、近くのコンビニに買物に出る各組の下っ端に「くわえ煙草禁止だよ」とか「そこらじゅうに唾を吐くんじゃない」等々、校門前の中学教師みたいな小言まで言わなければならないので、ゆっくり腰を落ち着けて茶を飲んでる暇もない。

　昼休みも持ち場を離れることは出来ないから、昼飯は連日、現場で支給される仕出し弁当だ。三百五十円と破格なのは嬉しいが、中身もそれ相応なのが辛い。

　前に勤めていた飯場は山奥の宅地造成地だったので、朝から晩までこれだった。それから思えば夜になれば好きなものを腹一杯喰えるだけマシなのだが、それにしても侘《わび》しい。せめて相方の先輩警備員が気を利かせて「二人で詰めてる必要はないから、一日交代で好きなものを喰いに行こう」とか言ってくれる人なら助かるのだが、こいつがまたコミュニケーション不全を絵に描いたような四十男で、十時と十二時と十五時になると当たり前のように自分だけヘルメットと反射チョッキを脱いでぷいとどこかへいなくなる。

　そして今日もまた、俺は昔の電話ボックスみたいなプレハブの詰め所で、一人侘しく硬い麦飯を頬張らなければならない。

「お疲れさんです。これ、ウチの親方からっス」

　だが、そんな警備員の辛さを分かってくれている親方は、自分の組の下っ端に飲み物を買いに行かせたついでに、警備員に差入をしてくれる。たかだか百五十円のペットボトル飲料だが、これが不思議と午後からも頑張ろうという気分にさせてくれる。

「あ、悪いね、ありがとう」

　相方の分も含めて二本のお茶を受け取り、俺は頭を下げた。

「ありゃ？」

いつもならそこで終わりなのだが、その日お茶を届けてくれた男はプレハブの小さな窓から俺の顔を覗き込んで、「ありゃりゃりゃ？」と笑った。

「あはは。なんじゃ、おっさん、ここで働いとったんか」

関西弁とは違うが、恐らく西の方のこの方言。あいつだ。あの、シンジと呼ばれていた男だ。

俺はプレハブから出て、シンジの全身を上から下まで見回した。だが残念ながら、声と方言には聞き覚えがあっても彼の顔や体格は泥酔した状態だったのでまともに覚えていない。

「お？　またやるんか？」

シンジは戯《おど》けた調子でファイティングポーズを取った。

俺は慌てて手を振り、「あの時は済まなかった」と頭を下げた。

「酔ってたとはいえ、本当に申し訳ないことをした」

「なんじゃ、しょうもねぇ。そんなに素直に謝られたら、拍子抜けするわ」

シンジは、俺が思っていたより遥かに若かった。オッサンが言った元ヤンではなく現役バリバリという感じで、失礼ながら『ガキじゃねぇか』とすら思ってしまった。それも中途半端にファッション感覚で突っ張っているのではない、俺達世代にとっては懐かしい『喧嘩上等』タイプだ。

シンジの作業着の左胸には、『鳶松』という刺繍があった。それを見て、少しだけ合点がいった。

そうか、鳶《とび》か。

日本の鳶職人は、超人的な身体能力を持っているという話を何度か聞いたことがある。前世が鳥だった者にしかなれないとか、凡人がいくら努力しても手に入らない特殊な感覚を持った選ばれし人種だとか、酷《ひど》いのになると自殺志願者だとか恐怖心が欠落した疾患だとか、とにかく様々な言われ様で常人とは異なる人々とされている。

そんな能力にストリートファイトの経験が加われば、こいつのような男が生まれるのかもしれない。

「気持ち悪ぃな、そがぁ見んなや」

「あ、あぁ、悪い」

「まぁええわ。謝る気があるんなら、頭下げんでもええから一杯奢《おご》ってくれぇや」

まだ少年ぽさすら残す笑顔でそう言われ、俺は「あぁ、いいよ」と答えるしかなかった。

「ほしたら今日、キクちゃんとこに呑みに行くけぇ、待っとるわ」

「キクちゃん?」

「ほれ、あんたを介抱してくれた、あの店のママさんじゃ」

あのオッサンがママさんと呼ばれていることに若干の違和感を覚えつつ、俺は「あぁ、分かった」と答えた。

「ヨンパチ?」

「あぁ、ヨンパチだ」

呑み始めてすぐ、シンジは俺の給料について訊ねた。

ヨンパチとは、週四十八時間労働で週給四万八千円のことで、現場の労働者の中では最低ラインとされる条件だ。俺のように独り身で家も持たず、ギャンブルや風俗にハマることもない者なら充分に生活していけるが、家族を抱えていたり、車を持たなければならないような人にはかなり厳しい。八時間労働とは言っても現場が遠ければ五時起きや六時起きは当たり前なので拘束時間は長いし、交通費も支給されない場合が多い。

飯場では、食事代とベッド代を引かれて手取りがヨンパチだった。風呂代も光熱費もかからないので、プライバシーの無さと布団のかび臭さと週末に町に繰り出す不便ささえ我慢すれば、かなりの金が残る。遠洋漁業ほど過酷ではないが、まとまった金を貯めるために「娑婆を離れる」という覚悟で働いている者も少なくない。

「ほんなら、なんでやめたん？」

「飯場の班長ってのがゲイでな、しつこく迫って来たから殴り倒して飛び出したんだよ」

「あははは、ゲイから逃げ出したらゲイに助けられたんか！」

俺は控え目な声で言ったのに、シンジが大声でそんなことを言うものだから、キクちゃんに「ちょっと何よ、ゲイゲイって。失礼ねぇ」と叱られてしまった。

午後七時半、海沿いの赤提灯は労働者達で溢《あふ》れ返っていて、俺がこれまで二度見た店の雰囲気とはまったく違っていた。

酒を取り込むことで男どもの汗の匂いが中和され、それが煮込みの湯気や焼きとんの煙で燻《いぶ》され、そこに下品な下ネタと笑い声と怒声が絡み合う。店に収まり切らない客は外で樽やドラム缶をテーブル代わりに立ち呑みをしており、そちらからも時折、爆発したような笑い声が聞こえる。交わされる会話は果てしなく下品、どこまでも猥雑。それでありながら、どこか懐かしく、奇妙な高揚感を覚える雰囲気だ。

「キクちゃん、妬くな妬くな」

シンジをこの店に連れて来たという前歯のない常連客がゲラゲラ笑った。

「妬くって、何をよ」

「ついこの間、喧嘩してた二人が仲良くやってるからだよ。そういう男同士のアレに妬けるんだろ？」

「まぁ、それはなくはないわねぇ」

そんな会話には一切関わろうとせず、シンジは俺を質問攻めにしていた。

「家族はおらんの？」「こういう暮らしは何年くらいやっとるん？」「何か格闘技をやっとった？」

俺は「独り身だ」「七年くらいになるかな」「格闘技の経験はない」などと淡々と答え続けながら、軽く失望していた。

シンジに対しては、ボディバランスの良さやいたずらに相手を傷付けない攻撃など、どこでそれらを身に付けたのか興味があったのだが、ヤンキー上がりの鳶ということで答えは出てしまった。

俺の横に座って質問を浴びせかけているこの男は、ただ喧嘩が強いだけのガキだ。

俺は席を立つきっかけを探し始めていた。だが、一杯奢るという約束なので、さすがに先に帰るわけにはいかない。

そんなことを考え始めた時、シンジが新しい質問を繰り出した。

「ほんで、肩は大丈夫なん？」

これまでと同じ調子で、当たり前の疑問だという感じの言い方だった。

「肩？」

「うん、悪いんじゃろ？　右の方。わいを殴る時、ちぃとも上がっとりゃせんかったけぇ。現場仕事をしとったくらいじゃから、大したことぁないみたいじゃけど」

俺は「ちょっとな、古傷だ」と曖昧な返事をし、焼酎のお代わりを頼んだ。キクちゃんが「はぁい」とグラスを受け取りながら、少し意味深な目をしたような気がした。

「ラグビー？　アメフト？」

「え、なんで？」

「格闘技の経験がない言うとったし、体つきからしてそうかな思うて」

俺は「まぁ、そんなところだ」とはぐらかしたのだが、シンジは何かを納得したように「ふ〜ん」と頬杖を突いて斜め上を見上げた。

「気にしなくていいよ。こいつぁ、質問魔だからな」

前歯のない男が、イヒヒと笑いながら言った。

「質問魔？」

「あぁ、俺にもそうだったけど、ここの常連には一通り〝なんでこんなしんどい仕事を選んだ〟だの〝いくら貰ってて生活はどんな具合か〟なんてことを訊《き》きまくってる」

俺達の背後の店先から、けたたましい笑い声が聞こえた。

「ここは労働者の博覧会みたいなもんだから、みんな色んな事情を抱えてる。あの甲高い声で笑ってるハゲは、大工として独立したものの借金まみれで汲々としてる。向こうの髭のオヤジは、ガキが三十にもなって働きもしねぇで引き籠《こも》ってる。こっちの蛇のタトゥーは嫁が育児ノイローゼとかで悩んでるし、奥の眼鏡の兄ちゃんはニコニコしてるが嫁の腹の子の発育が悪いとかで……」

「かく言うこのトクさんだって、田舎のお母さんが大病を患ってて、大変なのよね」

「こらキクちゃん、俺のことはいいんだよ」

髭はハゲに、タトゥーは髭に、眼鏡はタトゥーに、「たかだかそんなことでこの世の終わりみたいに嘆くな」と言う。他の組み合わせも色々あるが、決して不幸自慢をしているわけではなく、各々が各々の抱えた状況を言える範囲で言い、それに対して聞いた者は各々の立場から言いたいことを言い返す。

「仲がいいんですね」

ふと、そんな言葉が口を衝《つ》いて出た。

俺が知っている労働者の世界は、こういう雰囲気からは程遠かったからだ。

初めのうちはいいが、血気盛んな男共が一つ屋根の下で二週間も暮らしていると、仕事の面では誰もが少しでも楽をしようとするし、飯場に戻れば、騙《だま》す、盗む、強請《ゆす》るが横行する。他人のベッドのサイドボードにハンガーを掛けた掛けてないで殴り合いの喧嘩が勃発するし、少しでも弱味を見せれば付け入れられるし、子供じみたいじめも日常茶飯事だ。

俺が知っているのは、そんなあさましく荒《すさ》んだ世界だった。

それに比べて、なんとのどかな世界だろう。

「いやいやいや、〝仲がいい〟なんてこととは違うよ」

だがトクさんはそう言って俺の言葉を否定した。

一家の主として嫁や息子や腹の子には決して言えない泣き言を、疲労感と酔いに任せてぶちまける。勿論《もちろん》、それで気が楽になっても一時的なものだ。聞いた側は、相手を最低限おもんばかりながらも他人だから好き勝手なことをぶちまける。時には言い合いになり、殴り合いに発展することも少なくない。

「つまりまぁ、懺悔室《ざんげしつ》みたいなもんだな、うん」

トクさんはそう言って前歯のない口を開けて笑ったが、今度はこっちが「いやいやいや」と言いそうになった。

「懺悔しながら酒呑んで殴り合いになるかよ。どういう教会だ」

カウンターの隅にいた眼鏡の兄ちゃんが、俺の思いを代弁してくれた。

「解決策もヒントもない。そもそも誰も親身になっているわけじゃないから、相談とすら呼べない。つまり、ただの酒の肴《さかな》だよ」

自分の言葉を否定されたのに、トクさんは「どっちでもいいよ馬鹿野郎」と言ってゲラゲラ笑った。

「どこまで喋ったっけ？　あ、そうそう、それで、この質問魔のシンジ自身も色々あってな……」

トクさんがそう言いかけると、頬杖を突いて何事か考えていたシンジが「いらんこと言わんでや」と遮《さえぎ》った。

その時、カウンターに置いていたシンジの携帯電話が震えた。シンジは「トクさん、わいのことは言わんでぇぇけぇな」と念を押し、携帯を手に席を立った。

トクさんは「はいよ」と答えたが、シンジが電話に出ながら店の外に消えたのを確認すると「あいつはな」と始めた。お喋りな神父もいたものだ。

少し彼に悪いような気もしたが、俺は酒の肴のつもりでトクさんの話に耳を傾けた。

シンジは山陽のある地方都市の出身で、地元では知らない者がいない不良少年だった。土建屋を営む父親も若い頃は乱暴で有名だったが、今では地元の政財界にも影響力を持つ人間で、シンジが起こすトラブルに頭を悩ませていた。

高校を半年で中退したシンジは父親の会社で一労働者として働き始めるが、仕事は適当で夜になると仲間と遊び歩いてばかりいた。一年もすると市内全域の不良どもから怖《おそ》れられ、本職でも下っ端であれば頭を下げるような存在になる。

父親は反社会的勢力との付き合いも少なくない。シンジを預からせてくれと言って来る組織もいくつかあった。父親はそれらすべてを断り続けていたが、いずれ自分を介さず直接本人に誘いの声が掛かることが懸念された。

そこで父親は、気が荒く負けず嫌いなシンジの性格を逆手に取って賭けを持ちかけた。

親戚縁者も仲間達もいないところへ行き、最低一年間、自分一人で生きてみろ、それが出来たらまたウチで使ってやるし、将来は会社を任せてやってもいい、という単純なものだった。強要された武者修行、優しい勘当、期限付きの所払いだ。

シンジの反応は「はぁ？」という程度のものだったが、「仲間がいなければ、おまえなどどこへ行っても通用しない」という父親の挑発にまんまと引っ掛かって、碌に荷物も持たずに家を飛び出した。

喧嘩の強さなど、一人で飯を喰って行く上では殆ど役に立たない。自分がこれまで如何《いか》に虚勢を張り、ちやほやしてくれる仲間達に甘え、親に守られながら生きて来たかは、家を出て数日で分かった。

そして、日雇い仕事を続けながら数ヵ月単位で方々を転々とし、この町に流れ着いたのは半年ほど前のことだ。もう既に、父親が言った「最低一年」という期限は過ぎていた。

「地元のヤバい筋や仲間達から遠ざけるってのは一つの手だと思いますけど、もっと危ない方向に進むとは考えなかったんですかね」

俺が口を挟むと、トクさんの代わりにカウンターの中のキクちゃんが「そこなのよ」と答えてくれた。

「そこが親なのよねぇ。根拠はないけど、何故か〝そういう方向へは行かない〟〝根性まで腐った人間には育てていない〟っていう、ギリギリの信頼とでも言うの？　そういうのがあったんじゃない？」

まるで、直接シンジの父親と喋ったかのような言い方だ。と思ったら最後に「多分ね」が付け足された。

話の美味しいところを奪われたトクさんは、負けじと「俺があいつのことを気に入ったのは」と、新たなエピソードを付け加えた。

「酔っ払うと決まって父親の悪口を言うんだが、その父親を超えないと意味がないって気概を持ってるんだな、あいつは」

「超えるって、どういうことですか？」

「出された条件以上の課題をクリアして、驚かせることだよ」

「課題ですか」

その一つは、どこでどんな仕事をやろうが雇用条件はヨンパチであることだった。

「鳶としては地元での経験もあるし、玉掛けも足場組立も講習は修了してる。でも頑《かたくな》に給料は手元をやるバイト程度でいいって言い張るんだな」

「なんだってそんなことを？」

「それがつまり、自分でオヤジが言った以上の条件を付け加えるってことさ。今は、鳶技能士の二級を取るまで帰らないって決めてるみてぇだな」

「国家資格を、ですか」

「そうよ。それでな、まだ続きがあんだけど……」

前歯のない神父さんは喋り続けていたが、俺はもう聞いていなかった。

振り向くと、磨《す》りガラスの向こうでシンジはまだ電話で誰かと話し続けていた。長い電話だ。時折「おぉ?」「あぁ?」という喧嘩腰の声が聞こえるが、会話の内容までは聞き取れない。

「お代わり、どうする?」

後ろばかり気にしていたら、キクちゃんにそう声を掛けられた。芋焼酎のロックが、いつの間にか氷だけになっていた。

「ツムちゃん、あんまり強くないの? 酔っちゃった?」

「いや、同じヤツをもう一杯貰うよ」

またた。「はい」とグラスを受け取るキクちゃんの笑顔が一瞬、どこか含みのあるものに見えた。

確かにこの子はガキだけど、ただのガキじゃない。でしょ?

そう言われているような気がして、俺は目を伏せた。

俺がラグビーに出会ったのは、中学三年の秋頃のことだ。

中学では野球や陸上をやっていたが、どこでも顧問や先輩達と喧嘩騒ぎを起こしては退部させられ、その頃の俺はただの体力を持て余したガキだった。

身体と態度だけはデカかったから、名門私立高校の運動部から声が掛かった。体験入部で柔道部と相撲部に顔を出したが、どちらとも二年生を全員倒してやった。パンチやキックこそ使わなかったが、厳密には柔道でも相撲でもない力任せのやり方でだ。それで部の方から「おまえはもういい」という扱いをしてくれたので、もともと入部する意志のなかった俺としては、ちょっとした退屈しのぎが出来て面白かったという程度のものだった。

そして次に誘われたのが、同じ高校のラグビー部だった。

今から考えればだが、柔道部と相撲部の件をラグビー部員達は聞き及んでおり、完全に俺を潰しに掛かっていたのだと思う。

やり方は、ハーフウェイラインから三人のフォワードをかわしてトライしろという単純なものだった。

ゴールラインまでは約五十メートル。横幅は約七十メートル。障害物は動くデブ三人。鬼ごっこだろ、楽勝だよ。内心、そう思っていた。

ところが、監督のホイッスルが吹かれた瞬間、三人に猛烈な勢いで迫られ、余裕ぶっこいて突っ立っていた俺は五メートルも進まないうちに組み伏せられた。しかもプレーの一連の流れの振りをして、三人一斉に肘や膝をゴリゴリと全身に押し付けて来る。

俺は柄にもなくビビってしまった。痛みではなく、ただのデブだと思っていた三人のスピードと敏捷性と、目に見えない圧力にだ。

監督から「どうする」と問われ、俺は「もう一度お願いします」と答えた。

「根性はあるみたいだな」

三人のうちの一人が下がり、代わりに監督が入った。

これは後になって分かったことだが、ロック上がりの鶴見監督は当時まだ三十歳手前で、現役時代に遜色なく動くことが出来ていた。高校生相手なら、当たり負けすることもなかった。

そんなことを知らない俺は、おっさんが入ったことをラッキーだと思っていた。

そして二度目のチャレンジ、俺は今度はちゃんとボールを抱え込み、組み付いて来る相手に容赦なく肘や膝を入れてやるつもりで駆け出した。

だが、同じことだった。むしろ一度目より酷かった。

鶴見監督は先に二人を動かし、二十二メートルライン付近に立っていた。二人なら楽勝と思ったが、彼らは一度目よりも激しい当たりで迫って来た。肘が頭にまともに入っても、怯むどころかより厳しく当たって来る。だが何とかかんとか二人のプレッシャーから抜け出した……

これも後になって気付いたことだが、俺は限られたスペースを選択するよう、つまり監督の正面に来るよう誘導されたのだ……残る一人、監督の動きは二人に比べてとてもスローに見えた。ゴールラインまで数メートル。『いただき！』だが、そう思った次の瞬間、俺は真横からトラックか何かにぶつけられたような衝撃を感じ、受け身も取れずに仰向《あおむ》けでぶっ飛んだ。

思い切り後頭部を強打した俺は脳しんとうを起こし、完全に意識が飛んでしまった。これが、俺の生まれて初めての昏倒だった。

水をぶっかけられ、何とか息を吹き返した俺の顔を覗き込んで、鶴見監督は爽やかな笑顔で言った。

「楽しいだろ？　ラグビー」

それで俺はラグビーに取り付かれた。鶴見監督のもと、徹底的に鍛えられ、二年の春には左のフランカーとしてレギュラーを勝ち取った。三年になると、ナンバーエイトとしてキャプテンを任された。

残念ながら全国大会には出場することは出来なかったが、県大会前の地区大会では二年次と三年次に優勝し、県選抜にも入ることが出来た。

その後、スポーツ推薦で入った大学でもラグビー漬けの生活を送り、卒業後はトップリーグの一つ下、トップイーストリーグ一部のチームに三年間所属した。二年目に壊した右肩の故障が完治せず、二十六歳で引退したが、悔いのないラガー人生だった。

そしてその後の二年間は、チームの親会社である家電メーカーの工場で働いていた。

俺がその安定した仕事を捨て、寮を出て全国を放浪し始めたのは、二十八歳の冬のことだった。

「残ったものと言えば、人並み以上の体力と脱臼癖のついた右肩。そんなもん……いや、無駄にデカいから燃費の悪いアメ車みたいな身体ってのもラグビーの賜物《たまもの》かな」

俺が自嘲《じちょう》気味に笑うと、トクさんもつられて笑ってくれた。だが、他に誰も笑っていないことに気付いてすぐに「ははは、は……」という感じでフェイドアウトした。

警備員として働き始めて、三ヵ月が過ぎた。

駅ビルは最上階まで建ち上がり、あとは足場の解体と細かい内装や電気系の工事を済ませるだけになっていた。

その頃になってやっと俺も、自分の過去をある程度まで常連客達に話すことが出来るようになった。

「みんなのように問題や悩みを抱えてるってことでもないんだよな。だから黙ってたんだ。悪いね、面白くなくて」

トクさんが「いや、面白いよ。野球やサッカーと違って、大変な世界だなって分かったし」と言ってくれて、周りの常連客も「うんうん、我《わが》の人生と無関係のことを知れるってのが面白いんだよ」などと肯定的に捉えてくれた。

「な？　キクちゃん」

誰かがそう言って水を向けたが、キクちゃんは「え？」と言って、俺の顔を見た。いつもの含みのある笑みだったが、俺もこの頃になると、これがこのオッサンの笑い方なのだと思うようになっていて大して気にならなかった。

大きな現場が終わりつつあるので客も少し減り、店内に収まるくらいの数になっていた。俺とトクさんの間の席は空いていて、さっきまでそこに座っていた客は店先で誰かと電話で喋っていた。

「はいはい、ほな……もうえぇけぇ、じゃかましぃ！」

入口の引き戸がけたたましく開いたと思ったら、シンジが電話に向かって何やら怒鳴りながら入って来た。

「まだ帰れんって言うとろうが。はぁ？　誰が。あ、そう。知らんがな！　お大事に！」

なんだか分からないが、シンジは物凄い剣幕で俺とトクさんの間の席に座り、泡の消えたビールを一息に呑み干した。

「お代わり、いや、酒、冷やでえぇから」

俺もトクさんも面喰らって黙っていたが、キクちゃんだけは冷静だった。

「駄目よ。そんな気分で呑んだら美味しくないんだから。その目の色がまともに戻ったら、呑ませてあげる」

いつもなら「客に指図をするな」とでも言いそうなところだが、この時のシンジには冷静にならなければという自覚もあったらしい。一瞬ムッとしたものの、「じゃ、ウーロン茶」と素直に従った。

「〝お大事に〟って、誰かご病気？」

「うん、いや、そんなこと言うたかのう」

「言ってたでしょ」

「あぁ、ありゃあその……」

シンジは曖昧に答えていたが、キクちゃんに詰め寄られ渋々白状した。

電話は、彼の母親からだった。

実家を出て一年が過ぎた頃から、母親には週に一度くらいの頻度で戻って来るように言われている。シンジはその都度「そのうち帰る」と誤魔化したり「追い出したのはそっちじゃろうが」と逆に喰って掛かったりして、まともに取り合わなかった。

この日の電話も帰郷を促すものだったが、これまでとは少しニュアンスが違った。『帰って来なさい』という言葉が『一日だけでええから、今すぐ帰ってちょうだい』に変わっていたのだ。

その違いを指摘しても、母親はなかなか理由を答えようとはしなかった。だが『お父さんから、あんたには言うなって言われとるから』という言葉で、なんとなく喜ばしいことでないのは分かった。

それでも「そのうち帰るけぇ」と一方的に電話を切ろうとすると、母親は『お父さん、倒れて入院したんよ』と早口で叫んだ。

「それはさすがに、帰った方がいいんじゃないか？」

トクさんが言うと、周りの客も「そうだな」「あの現場もそろそろ一段落だろう」などと賛同した。別の話題で盛り上がっていた他の常連客達も、いつの間にかシンジの話に耳を傾けていた。

「そんな大騒ぎするほどのこたぁねえっちゃ。殺しても死なんような男じゃけぇ。おかんは、過労じゃて言うとったし……」

強がってはいるが、シンジは明らかに動揺していた。それが如何に尋常ではない事態なのか、出会ってたかだか三ヵ月の俺にも手に取るように分かった。

「その、殺しても死なないような人が倒れたわけでしょ」

「キクちゃん、揚げ足ぃ取らんで下さいよ」

「揚げ足じゃないわよ。ここは一旦、帰ったら？　病状を確認して、それで大したことなかったら、また出てくればいいわけだし」

シンジは黙って俯《うつむ》いた。

俺には、暫《しばら》く一人で考えさせることが必要だと思われたのだが、トクさんはもう一押しだと考えたらしい。

「おまえが資格を取ることに拘《こだわ》ってるのは分かる。凱旋するのに必要な、金メダルとかチャンピオンベルトみたいなもんだよな。けど、ここは帰るべきだと……」

まったく無駄な言葉だった。

トクさんのその言葉に、せっかく落ち着きかけていたシンジが「おえん！　おえん言うたらおえんのじゃ！」と叫んだ。

椅子が倒れるほどの勢いで立ち上がったシンジを数人掛かりで「まぁまぁ」と座らせ、また何かフォロー的なことを言おうとしているトクさんを何人かが同時に「黙っとけッ」と犬をしつけるように叱った。

椅子に腰を据えたものの、激しく貧乏揺すりをしているシンジを見ていて、俺はなんとなく分かったような気がした。

超える目標そのものが、この世から消えてなくなるかもしれない。だからこそ、今まさに自らに課して遂行している父を超えるための地道な営みを、止めるわけにはいかない。

ヨンパチという労働者の最低ラインの賃金で自分の二本の足で世間に立ち、国家資格を得て故郷へ帰ること。それは、金メダルやチャンピオンベルトなどとは違う。栄誉や誇りの象徴などとは異なる、もっとリアルで切実で実践的なものだ。

「他の人の話は笑いとばして終《しま》いなのに、なんでわいのことだけ、そんなにやいのやいの言うんなら」

苛立ちを隠そうともせず、シンジが吐き捨てるように言った。

誰も何も答えなかった。

「それは、おまえが一番ガキだからだよ」

カウンターの一点を睨み付けているシンジを除く全員の視線が、一斉に俺に向けられた。

思わず発してしまった言葉だったが、言った以上退《ひ》けないような気がして俺は喋った。

「おまえ、自信がないんだろう。今、父親の跡を継いだとして会社経営など出来るだろうか、同じかそれ以上の仕事が出来るだろうか、そもそも今いる社員のうち何人が自分に付いて来てくれるだろうか、って」

シンジの反応を気にしながら、トクさんが俺の耳元で「おい、よせよ」と囁いた。だが、もう止まらなかった。

「でも、帰るべきだと思う。当たり前過ぎて気付かないのかもしれないけど、帰る場所があって、待っててくれる人がいる期間てのは、人生の中でそれほど長くはないぞ」

トクさんがまた何か言いかけたが、キクちゃんに「ちょっと」と止められた。

シンジはまだカウンターの上の一点を見つめたままだった。だが、貧乏揺すりは止まっていた。

「分かってるよ。帰る場所と待ってる人だけじゃ足りないんだよな。おまえ自身が、必要とされるに足る人間にならなければならない。そのために大至急身に付けようとしてるのが、経験と資格……」

シンジが何か呟いた。

「何か言ったか?」

さっきまでウーロン茶のグラスを持っていた手が、膝の上で固く握られていた。近くにいたトクさん他三名が、「お?」と言ってシンジから半歩ほど離れた。

「放ってぇてくれ、って言うたんじゃ」

声に怒気は籠っているが、殴り掛かって来る気配はない。

「どいつもこいつも、ガキ扱いしてごちゃごちゃ言いやがって。放ってぇてくれや、自分のタイミングで決めるけぇ。だいたい、あんたらにとったら、どうせ酒の肴じゃろうが」

誰かが「そりゃそうだ」と呟き、トクさん他数名が「ははは」と笑った。

俺は誰にも聞こえないよう「すまんな、他人が口出しすることじゃないよな」とシンジに詫びた。

シンジは「いや」と言って、ウーロン茶のグラスを俺のロックグラスに当てた。

グラスが安物だったせいか、その〝カチン〟という音は少し侘しく店内に響いた。


それから暫くして、シンジは赤提灯に来なくなった。

駅ビルが完成間近となり、鳶は必要なくなっていた。他の現場に行ったのかもしれないし、実家に帰ったのかもしれない。それは、トクさんも分からないと言っていた。そのトクさんもまた、シンジが来なくなって数日後から姿を見せなくなった。

すっかり客は減ってしまったが、キクちゃん曰く「これの繰り返しよ、この界隈は」とのことだった。職場が固定されている港湾労働者は絶えず来てくれるが、トクさんのような人々は現場が遠くなれば、店からも足が遠のく。今回のように工期が数年単位の大きな工事現場が近くにある状態というのは、この店にとって小さなバブルのようなものだそうだ。

警備員の仕事は竣工直前まで続くので、俺は徐々に寂しくなっていく赤提灯の様子を毎日のように見続けなければならなかった。

今は足場もなくなり植栽や外装の仕上げに掛かっている段階なので、大型車両の出入りもなく、俺の仕事は随分と楽になった。

「シンジ君から、伝言があるんだけど」

そんなある日、俺が一人で呑んでいるとキクちゃんが突然そう言った。

「伝言は受け取らないんじゃなかったんですか」

「しょうがないでしょ、もうここには来られないかもしれないって言うんだもん」

「じゃ、実家に帰ったんですね」

「うん、取り敢えず一回だけね。お父さんがすぐに死んじゃうような事態でないことだけ確認して、また地元から離れたみたい」

「それじゃあ、跡を継ぐかどうかは、まだ踏ん切りを付けてないってことですか」

「それは分からないなぁ。自分でもまだ、決めかねてる感じだったから」

俺の言葉は届いていないということじゃないか。そう言おうとしたが、思い留まった。

当たり前のことだが、理屈で分かっていてもどうしようもない感情というものが人にはある。最終的な結論は本人が出せばいい。それだけのことだ。

「で？　伝言て何ですか？」

「〝ありがとう〟って」

シンジ本人が本当にその言葉を発したのかどうか、分からない。キクちゃんの意訳が入っていることも充分考えられる。だが、あまりに真っ直ぐなその言葉に、俺は「なんだよ、それ」と照れてしまった。

シンジは、なぜ安い賃金や資格の取得に拘っているのか、実は自分でも分かっていなかった。しかし俺が言ったあの日の言葉は、自分の中で蟠《わだかま》っていたものを言い当ててくれているような気がした。言葉に出来なかった感情が、すべて腑に落ちた気がした。

キクちゃんに、そんなことを言ったそうだ。

「ねぇ、ツムちゃん」

考え事をしていたら、キクちゃんがカウンター越しに身を乗り出していた。

俺の他に四人組の港湾労働者らしき客がいたが、テーブル席でわいわいやっているので聞かれる心配はない。だがキクちゃんは、必要以上に声を潜めた。

いつもの含みのある笑みに、詫びるような色が加わっている。

「ツムちゃん、シンジ君と自分を重ねてるでしょ」

「え？」

「重ねて〝俺は分かるよ〟みたいなこと考えて、だからあんなこと言ったんでしょ」

「え？　どういうこと？」

「だからぁ、本当は自分が誰かに言って欲しい言葉を、あの子に言ってあげたんでしょって言ってんの」

俺は口元に運びかけたグラスを途中で止めて、キクちゃんの顔を正面から見詰めた。睨んだ、と言った方が正確だったかもしれない。

詫びの色が濃くなり、キクちゃんはその表情のまま「ゴメンね、黙ってて」と本格的に詫びた。

「ツムちゃんが初めてここに来た時、つまりノビてそこで寝てた時ね、ポケットの中で携帯電話が鳴ったの。ひょっとしてご家族かしらって思ってね、悪いけど手に取ったの。でも番号表示だけだったから、登録してない人だなって思って出なかったの。けど、立て続けに同じ番号から掛かって来たら、ちょっと気になるじゃない？　それでね、ちょっと迷ったんだけど、ウチの電話からその番号に掛けちゃったの」

そこまで聞いて、俺にもだいたいのことは理解出来た。

「先方は、鶴見さんって方だったわ」

つまり、そういうことだ。

俺は、今でも母校のラグビー部で指導している鶴見監督から、コーチ就任の誘いを受けていた。五十歳になろうとしている監督は、ゆくゆくは後任を任せたいとまで言ってくれた。

俺はそれを固辞した。

ラグビーに未練はないということもある。性格的に指導者には向いていないという自己分析も小さくない理由だ。だが何よりも、俺には母校で後輩を指導するどころか、ＯＢを名乗る資格もないことが大きい。

「詳しい内容まで聞いてないんだけど、〝二年の時のアレはおまえだけのせいじゃない〟って言ってたわよ」

「監督、そんなことまで話したんですか？」

「うん……その後も〝近況を教えて下さい〟なんて言われたもんだから、講習を受け始めた時とか、仕事が見付かった時とか、その時々に電話してね。そのついでみたいに、昔のことをあれこれ教えて貰ったの」

二年の時のアレとは、俺が他校の生徒の挑発にまんまと乗って町中で大乱闘を巻き起こし、そのおかげで先輩達が最後の大会に出られなかった事件のことだ。

人生に一度しかない時間を、俺は先輩達から奪ってしまった。

大学に行ってても社会人になってもラグビーは続けたが、いつもどこかに後ろめたさがあった。だから、肩を痛めて早めに選手生命を閉じた時、寂しさよりも安堵感の方が強かった。

「他人が言うのもなんだけど、求められてるなら行けば？」

親も同級生も、そして先輩達も、キクちゃんと同じことを言ってくれた。だが、俺にはそれが出来ない。

「ツムちゃんにも、戻るべき場所と待っていてくれる人はいる。問題なのは、自分が必要とされるに足る人間か否かってことなんじゃない？」

そうだ。その通りだ。

「でもね、シンジ君がヨンパチや資格の取得に拘ってることと、ツムちゃんがヨンパチと定住しないことに拘ってるのには、大きな違いがあるでしょ？」

キクちゃんの言葉を聞きながら、俺は深く項垂れていった。

「ごっそさん、また来るわ」

キクちゃんの言葉の続きを待っていたら、ちょうど四人組の客が会計を済ませて帰って行った。背中に、俺のことを訝《いぶか》し気に見る八つの目を感じた。

「ありがとねぇ」

四人を見送った後、赤提灯と縄暖簾を仕舞う気配がした。

その数分間が、気付かせてくれた。

なるほど、これは俺も考えていなかったことだ。

俺とシンジは似ていない。やっていることは近いのかもしれないが、その目的は真逆と言っていい。

シンジのヨンパチは前へ進むために必要不可欠なものだが、俺のヨンパチはただの独りよがりだ。

贖罪《しょくざい》しているつもりでいる。取り返しの付かないことをしておいて、なんとか取り返しを付けようとしている。様々な欲望を抑え込んで潔く生きているつもりだが、誰も喜ばないし何の解決にもなっていないではないか。

やっぱり上手いな、キクちゃんは。そう思わざるを得なかった。

キクちゃんの誘導で行き着いたようなものだが、勝手に己の頭の中で気付いて勝手に愕然としている。誰に当たることも出来ない。この七年間を返せよと言ったところで、それこそ取り返しは付かない。

ここで目覚めたあの朝、俺はキクちゃんが喰わせてくれた握り飯と味噌汁の味を懐かしいと感じた。だが、本当に懐かしいと感じていたのは、意識が飛ぶくらいぶっとばされた感覚に対してだったのかもしれない。

二十年前に経験したあの感覚が、俺の胸だか頭だかの奥深いところに封印していたものを開け放った。そして、開け放つきっかけとなったシンジと話をすれば、俺が進むべき方向について答とは呼べないまでも、なにかしら啓示のようなものを与えてくれるのではないか。

そんなふうに変な期待をしてしまっていた。だから、キクちゃんに言われるがまま仕事の世話までして貰った。

俺の思惑と違う形ではあったが、それは結果的に当たっていたのかもしれない。

「で、どうするの、これから」

俺が一人で煩悶していた内容まで把握しているかのように、カウンターの中に戻ったキクちゃんが言った。

手には、ビールの小瓶があった。暖簾を仕舞った後のお楽しみ、というヤツらしい。

「自分のタイミングで、決めます」

図らずも、シンジと同じ言葉が出てしまった。と同時に、そんなことを言っていたら永遠に一歩も前に踏み出すことが出来ないということにも気付いた。

ビールの栓を抜き、キクちゃんは「ま、いいんじゃない？　大人だし」と笑った。

大人という言葉に妙な刺《とげ》を感じた俺は、「奇麗な女性から言われたんなら即座に立ち直るけど」と言い返した。

「まぁいいわ。どうせ、酒の肴だもん。ツムちゃんのは、あんまり美味しくなかったけど」

暫《しば》しの沈黙の後、二人揃って「ククッ」と笑った。

赤提灯を出て木賃宿までの帰り道、俺は遠回りをして完成間近の駅ビルを見に行った。

工事現場を渡り歩いて気付いたことだが、自分が携わった建物や道路や橋の完成した姿は、案外記憶に残っていない。この駅ビルなど分かり易い例だが、完成後はお洒落なショップや有名企業が入るわけで、つまり俺達には関係ないからだ。

けれど俺は、ここだけは記憶に留めておきたいと思った。

地上二十七階建てのビルを見上げ、数日後には取り払われる通用門と警備員詰め所を見詰め、携帯電話を取り出した。

午後十一時を少し回っている。少し悩んだが、俺は着信履歴を繰り、リダイヤルボタンを押した。

ツーコールで出た相手は『おぉ、どうした！』と叫ぶように言った。

簡単に挨拶を済ませた後、俺は単刀直入に言った。

「あの話、まだ生きてるでしょうか」

褌《ふんどし》トランス

「コーヘー、おはようさん」

その聞き慣れた声が背後から聞こえたのは、孝平が数台の自転車でゴチャゴチャになったガレージから、自分のミニサイクルを引っ張り出している時だった。

振り返ると、ボア付きの防寒ジャケツにニッカボッカーの信二が原チャリにまたがり笑っていた。ステップに置かれた黒いスポーツバッグの半分開いたジッパーから、工事現場用の安全帯がのぞいている。

「明日の夜じゃからの。来るんじゃろが？」

くわえ煙草、しかも寒さのためにフィルターを噛みしめているせいで、変に脅すような口調に聞こえた。口の端から、語調に合わせて煙が立ち上った。

「信さん、もう八時ぅ過ぎとるで。また遅刻か？」

孝平は弟のＢＭＸもどきと母親のママチャリを乱暴に倒しながら何とかミニサイクルをかき出し、信二の質問に対して質問で応えた。孝平の口からも、白い息が漏れた。

「あほか。わしがちゃんと現場に出とったら雨降るわ。気ぃ利かして十分程ぁ遅れたらんと、雨降って仕事んならん……んなこたどうでもええんじゃ。とにかく明日の夜七時、公民館じゃからの。そっちは遅刻すなよ」

信二はそれだけ言うと、直管の原チャリでピンと張った朝の空気をけたたましく切り裂きながら去って行った。孝平は暫く折り曲げられたナンバープレートが遠ざかるのを眺めていたが、すぐにミニサイクルにまたがって逆方向にペダルを漕ぎ出した。

信二が言った明日の夜のこととは、来週末に催される会陽《えよう》に向けての青年団の会合だった。会陽は、孝平が住むこの地方で毎年旧正月に催される裸祭だ。

町の外れの古刹で、願を掛けられた宝木《しんぎ》を褌一丁になった男の群れが奪い合う。ただそれだけの祭である。宝木は、触れるだけでも一年の厄除けになり、最終的にそれを抱えて本堂に納めた者は福男として名を刻んだ御札を奉られる。その御札は後年も本堂に保管され、つまり歴代の福男は半永久的に名を残すこととなる。昔ならば、福男は各家を回って酒を振る舞われ、好きなだけ喰わせてもらい、更にはその家に自分の見初《みそ》めた娘がいれば、それを嫁にもらうことまで出来たそうだ。

勿論、今ではそんな風習は廃《すた》れてはいるが、ともかくこの地方では、人々はそれで春の到来を知る、ということになっていた。

全国放送のニュースで取り上げられるような大きな規模でこそないが、江戸中期頃から続いているその裸祭には、県内各所から二百人程の参加者があった。個々で宝木を目指す者もいるが、殆どは町単位、職場単位、或《ある》いは高校や大学のクラブ単位でチームを組み、様々な戦略を練って宝木を狙う。孝平の住む町でも、毎年この時期になると有志が集まって色々と作戦を練るワケである。

ところがここ数年、参加者の数が目に見えて減っているという問題があった。年輩の男衆が抜けていく速度に、新規参加者が追い付かないのだ。

孝平の住む町も例外ではなく、満十六歳から参加出来るその祭に新たに参加するのは、高校でラグビー部や柔道部に入った者か、中学を出てすぐ職人に弟子入りしたり土方になった者、つまりクラブ活動の一環であったり、直属の兄貴分や親方にどやされて参加させられているヤンキーばかりだった。しかもここ数年、その貴重な体育会系やヤンキー自体が減少傾向にある。だから二十歳前後の参加派、信二のような元ヤンを中心に構成される町の青年団では、参加を渋る十代後半の若者を確保しようと躍起になっているのだ。

孝平は昨年十六になり、いよいよ今年から裸祭に参加出来る。だがヤンキーでも体育会系でもない彼は、参加するかどうか決めかねていた。

彼も子供の頃から、裸祭の前夜には子供会のだんじりを牽《ひ》き、この時期になると町全体が高揚した雰囲気になるのだということだけは分かっていた。そして、訳が分からないながらもその雰囲気に浸ってハイになれたし、クリスマスや正月のようなイベントが自分が生まれ育ったこの町にだけ特別にもうひとつあるような気がして、嬉しかった。

冷たい夜空を護摩の炎が焼き、男どもの勇壮な声がその炎を震わす。水がまかれ、それをかぶった裸の群れから信じられない程の湯気が立ち上る。宝木を奪い合う裸の群れは、それぞれが敵対する関係であるにもかかわらず、息の合ったうねりを見せる。それら、日常を超えたところにある裸祭の異様も、確かに幼い孝平を興奮させた。

だから、自分が将来あの裸の群れのひとつになることは、自然の流れだと思っていた。

だが、いざ参加出来る年齢になって冷静に考えてみると、二月の寒空に褌一丁で男の群れに飛び込んで、いったい何が楽しいのかよく分からなくなってきた。同級生の女の子達も見物に来ている中で褌一丁、しかももみくちゃになって肘や膝でゴリゴリ削られ、時には石畳に踏みつけられる。運良く宝木を摑んだとしても、半永久的に名を残したとしても、それが何になるのか。二百人の参加者がいるということは、褌は二百本で、ポコチンも二百本、タマキンは四百個。それがどうだというのだ。そんなどうでもいいようなことも含めて、これまで考えてもみなかった様々なことを考えるようになっていた。

「うぜぇ」

孝平はミニサイクルを漕ぎながら、東京者みたいに呟いてみた。

信二には決して言えない短い言葉が、白い息になって消えた。


「コーへー、信さんに誘われなんだか？」

孝平が教室に入って机に鞄を放り投げるなり、ひとつ前の席の勇太が訊ねた。彼と孝平は、小学校の頃からの顔馴染みだ。痩せぎすの身体にソフトなアフロなんかにしているものだから、恐ろしく身体のバランスが悪そうに見える。もちろん褌姿など想定していないヘアスタイルなのだが、そんなことにはお構いなしに、やはり今朝、信二に声を掛けられたらしい。

「おう、誘われたで」

勇太は孝平が姿を見せるまで音楽を聴いていたようで、外したばかりのヘッドホンから黒人の野太い声が漏れていた。遠い国で創られたビートは、裸祭という話題に違和感ありまくりのBGMだった。

「ほんで？　おめぇ、どねぇすんなら」

「うん、まだハッキリ決めとらんけど……」

そう答えようとした孝平の言葉に、数倍のボリュームで違う声が覆いかぶさった。

「おーい、えらいことじゃあ！」

一－Cの広告塔、久保田だった。彼は教室に入って来るなり、自分の席を通り越して孝平と勇太に真っすぐ向かって来た。余程急いでいたのか、息を切らしてだらしなくたるんだ腹を上下させている。

久保田は小中学校こそ孝平達と違っていたが、信二の息がかかった町の住民であることには違いない。従って裸祭の件も無関係ではないのだが、どうやらそれとは違うことで慌てているようだった。

「A組の奴らコンパして、五人中三人がうめぇことヤッたったらしいんじゃ」

両腕を前に突き出し、手首を内側に〝パコパコ〟動かしながら腰を前後させた。裸祭に比べれば幾分ソウル臭のする話題ではあるが、それにしても〝パコパコ〟は爽やかな朝の空気にスーパー・バッドな感じだった。成人病まっしぐら系の体格でそれをやられると、学ランを着ていても本物のおっさんに見えるのが久保田の凄いところだ。ついでに言うと、手の込んだ無造作ヘアが本物の無造作ヘアに見えてしまうのも、久保田の凄いところだ。

「どこのもんとコンパしたんなら？」

少し間が空いた後、ちょっと面倒臭そうに勇太が訊いた。彼は中二の時に「ゴムしてくれなんだら絶対にイヤじゃ」というサセ子の女友達と、薬局で万引きしたコンドームで既にヤッている。孝平と久保田を含めてクラスの者はみんな童貞だったために、勇太はそれだけの理由で兄貴格である。それもあって、A組の三人がヤッたらしいということは、少なくとも久保田にとっては「えらいことじゃあ！」なのだ。

「ヤリコンゆうたら決まっとるがな、パン女のパンスケとじゃ」

久保田が即答する。パン女とは、同じ町にある女子高である。もちろんパン女は俗称で、殆ど使われることのない正式名称は正林女学院という大層なものだ。この町で最も歴史のあるお嬢様学校だが、数年前にほんの数名が援交で補導されたのをきっかけに、現役高校生から言わせても「それはどうよ？」というような称号を冠するに至っている。ちなみに一年生は〝焼き立てパン女〟で、かなり美味しそうではある。

だが、孝平達の高校も他校のことをどうこう言えたものではない。ど付きの田舎ということもないが、ヒップホップ系の奴らが単に服のサイズが合ってない人に見えてしまうこの町には、都会のように偏差値十段階毎《ごと》に高校が設けられているわけではない。任侠の世界に「馬鹿でなれず、利口でなれず、中途半端でなおなれず」という言葉があるが、言ってみればその三段階。そして孝平達が通うこの高校は、見事に〝なおなれず〟系だった。

しかもなお悪いことに、今や県内でも珍しい男子高。つまり、不良にも真面目にもなれないどっちつかずのぺーぺーが吹き溜まったうえにイカ臭い学校だった。川西北高校という、どっちの方角にあるのだかよく分からない名前もまた中途半端。唯一〝ダメ高〟というド真ん中ストレートな俗称だけが、この学校のポテンシャルを明確に示していた。

「わしのデータによると、パン女のパンスケは五十人は下らん。あそこは一学年二百人弱おるから、クラスに二・四人はおる計算になるから……」

孝平も勇太も、そう言う久保田を「どんなデータなら」とか「その情熱を他に向けてみぃ」とか言って嘲《あざけ》った。

孝平にとって、高校生活はもっと退屈なもののはずだった。何故なら孝平は十五歳で一度、人生の中間発表のようなものを突きつけられたと思っていたからだ。

勉強もダメ、スポーツもダメ、真面目ないい子ちゃんでもない、かといって何かに対して反抗的であるには色々なことを知り過ぎている、八方ふさがりで中途半端なまま……。

誰かに面と向かって言われたわけではないが、この高校に入学した時、親からも中学の教師からも、町の奴らみんなからも、そういうレッテルを貼られたような気がした。幼い頃から「あのダメ高の生徒は……」という言葉を繰り返し聞いてきたものだから、孝平自身も『無理ねぇか』と、見えない後ろ指や聞こえない陰口を甘んじて受けた。

息子が川西北高校に通っていることが恥ずかしくてたまらない見栄っ張りな親は、制服のまま町中をブラブラするなとか、三年間親戚の前には出るなとか、とにかくうるさいらしい。経済的に余裕のある家庭なら、あれこれ理由を付けて県外の高校へ編入させるのもいる。実際、孝平達のクラスにも一学期終了後に東京の私立高校へ編入した奴が一人いる。

幸いと言うかなんと言うか、孝平の家庭にそんな力技を繰り出すほどの経済力はなく、両親は諦めの境地でいてくれる。不肖の息子としては、来る日も来る日も適当に授業を受けて、家で眠くなるまでゲームでもして、日々をやり過ごすしかない。そんなふうに思っていた。

だが、十ヵ月が経過して、高校生活は予想外に楽しかった。

その理由は、ハッキリしていた。勇太や久保田が、周りであれこれ言う奴らの想像を上回ってバカだからだ。

県内選りすぐりの中途半端が集まった高校でも、それなりに悩みのようなものを抱えた奴もいる。クラスにも、入学して三ヵ月で学校に来なくなった不登校の引き籠りもいるし、会話にやたらと擬音の多いアニメおたくもいるし、ネットの中でしか発言出来ない奴も、いつもピアノ線を携帯していて野良猫を殺すのが趣味だと噂される奴だっている。

孝平に、そいつらと自分達の違いはよく分からない。少しばかりタイミングが悪ければ、自分も引き籠りや異常な趣味を持つ人間になっていたのではないかと思う。何も違いはしないのではないかとすら思っている。

何か違いがあるとすれば、くだらないことで深刻になる奴らは内向きのバカで、孝平達は外向きのバカということだ。今風のバカと時代遅れのバカでもいい。とにかく、孝平は内向きでも今風でもなくてラッキーだと思っており、その点については勇太達に少しばかり感謝していた。

そして今も、外向き時代遅れバカは、信二に言われた集会という目下のところ最も憂慮すべき事態をすっかり忘れて、いかにしてパン女のパンスケをものにするかという話題に花を咲かせている。

「くそぉ、ワシもパン女に知り合いさえおったらぁ……」

アメリカ大会の時のバッジョでも「元気出せよ」と慰めそうな勢いで久保田が悔しがった。切ない表情で腰を引き、モジモジしている。ポケットに深く突っ込んだ右手が動いていた。ピンコ勃ちのナニのポジションを修正しているらしい。

「イテ」

毛が縮まっていたようだ。

「おめぇ、そんな話だけでいちいち勃てんなや」

そこで勇太と久保田がヤケクソ気味に爆笑し、孝平もつられて笑った。三人とも、勃起全開だった。

「コーヘー？」

立ち話をしている人の群れの横を自転車で通り過ぎると、声を掛けられた。止まって振り返ると女子高生が四人、話を中断して孝平を見ていた。もうすっかり日も暮れていたが、国道沿いの明るい道だったので、声の主が彼女であることはすぐに分かった。

「乗せて」

彼女が言った。肩より少し長い髪が、ほの青い街灯のせいで深い緑色に光って見える。色白の顔は、寒さのせいか頬の辺りが少し赤い。

他の三人が小声で何か訊ね、彼女の答えにクスクス笑った。そして口々に「ほんなら」と言って去って行った。

孝平は彼女が近付いてくる前に自転車を漕ぎ出したが、後ろから「コラァ！」という声が追い掛けてきて、荷台を強い力で握られた。バランスを崩して片足をついて振り返ると、彼女が「逃げんでもえぇじゃろ？」とニッコリ微笑んだ。

「久しぶりじゃな。帰りに会うの」

彼女は前カゴに自分の鞄を放り込み、荷台に横座りで乗った。近くで見ると、ストレートの髪はついさっきまで括《くく》られていたらしく、所々規則的に段になっている。肩にかかった髪を後ろに払うと、少しだけ汗の匂いがした。

「ハイ、もうええよ。レッツらゴー」

孝平は黙ったまま自転車を漕ぎ出した。五十キロ近く重くなったために、駆け出しは立ち漕ぎをしなければならなかった。彼女の右手は、孝平の腰に軽く添えられた。

「いっつもこんなに遅いん？」

荷台で、風になびく髪を押さえているであろう彼女が訊ねた。一月末の冷たい風に負けずに孝平に届くよう、元気な声だった。

「いや、今日は麻雀しとったけぇ」

孝平は素っ気なく答えた。

「あたしは毎日だいたいこの時間じゃけど、あんまり会わんな」

孝平はもう答えるのをやめた。それどころではない異変が、サドルの辺りで起こっていた。

住宅街に入ると街灯の間隔が広くなり、アスファルトに落ちる放射線状の光も途切れ途切れになる。その代わりに、道の両側に建ち並ぶ家々の窓や門灯の明かりが、その間を様々な種類の光で埋めている。時折、白い息を吐きながら黙って自転車を漕ぐ孝平の鼻を、カレーや煮物の匂いがくすぐった。

孝平は『サイン・コサイン・タンゼント、サイン・コサイン……』と頭の中で繰り返した。授業中に突如やって来る意味なし勃起には有効な手段だが、実体がそこにある状態ではまったく無意味だった。

彼女の方では気を遣ってのことだろうが、学ランを通して感じるか感じないかくらいに優しく手を添えられるのは却《かえ》って酷だ。結果、サドルに腰を下ろしてはいたが、勃ち漕ぎだった。

そんな孝平の雄的に健全な反応を知らない彼女は、その後も何度か色々な話題で話し掛けた。

孝平は殆どの質問を無視したが、「今年からじゃろ？　裸祭に参加出来るん。コーヘーも出るん？」という問いにだけは、短く「分からん」と答えた。

孝平が答えたからその話題で押そうと思ったのか、彼女はその後も裸祭について様々な疑問や意見を言った。曰く、あの祭は何か意味があるのか、褌一丁でもみ合って何が楽しいのか、今どき宝木に触るやら福男になるやら、そんなことは時代遅れだし、何より褌一丁の姿はダサい……。

どれも一度は孝平も考えたことのある疑問や意見だった。だが孝平は、どれにも結論を出せないでいる。だから、彼女の言葉にもただ黙って自転車を勃ち漕ぎしているしかなかった。

彼女の家が近付くにつれ質問の間隔は徐々に広くなり、最後の角を曲がった辺りから遂に彼女も諦めたみたいに黙り込んでしまった。

「ほんじゃ」

小さな木造二階建ての前で彼女を降ろして、孝平が自転車を漕ぎ出そうとすると、彼女は「あのさぁ」と東京者みたいに言った。振り返ると、彼女は髪を解《ほど》いたばかりでかゆいのか耳の上の辺りをポリポリかきながら「う〜ん」と唸った。

「なんなら」

少し苛ついて、孝平の方から訊ねた。彼女の家の中から、聞き慣れたテレビＣＭのサウンドロゴが漏れてきた。

「なんか最近、冷とぉねぇ？」

彼女は孝平の幼馴染みだった。家が近所で親同士も仲が良く、だからごく自然に、幼稚園も小学校も一緒に通った。

ところが小三で異変が起こった。孝平がクラスで突然「女と登校する奴」とからかわれ始め、それまで仲の良かった男の友達も彼を避けるようになったのだ。今でこそ笑い話で済ませられるが、その出来事は当時八歳の孝平に深刻なダメージを与えたものだった。ちなみに、そのことで最も孝平をからかったのは、今、学校で目の前に座っている勇太だ。

そして、からかう勇太をグーで殴って泣かしてしまったのが彼女である。それをきっかけに、何故か孝平と勇太が急速に仲良くなった。

「なぁ、なんとかゆうて。前は挨拶くらいしてくれたじゃろ？」

「別に、理由なんかねぇっちゃ」

そんなことがあって、彼女とは別々に登校するようになった。その後、小五と中二の時には同じクラスにもなったが、徐々に言葉を交わす機会は減っていた。

「あたしが正女に行っとるから？」

「そんなこと、別に関係ねぇ……」

「知っとるんよ。正女が〝パン女〟とか言われとるの」

彼女の名前は栗田優子で、小さい頃からずっと「クリちゃん」と呼ばれていた。中二の二学期からは心ない男子がセンスの欠片もないあだ名で呼んだりもしたが、孝平は彼女のあだ名がどう変わろうと昔から母の呼び方に倣《なら》って「ゆうちゃん」と呼んでいた。彼女の方も、昔と変わらず孝平のことを「コーへー」と呼ぶ。だが孝平は今、彼女を何と呼べばいいのか分からない。「ゆうちゃん」と呼んでいた頃とは、彼女はあまりに変わってしまった。

中学卒業までの彼女は、うるさ型の女子として目立っていただけで、女として特に際立つ存在ではなかった。だから、卒業後に「あの子はどうしているだろう」と男子の間で話題に上ることもなかった。

しかしそれはどうやら、彼らが原石を見極める眼力のない男子中学生だったかららしい。正女に通い始めた頃から、少し遅れてきた成長期と髪を伸ばし始めたタイミングがリンクして、彼女は奇麗になった。髪は茶髪だったのを黒に戻しているくらいだから、いわゆる高校生デビューというような大袈裟な変化ではない。だが、ただの棒みたいだった身体は保健の教科書にある〝丸みを帯びる〟という妙にいやらしい表現がふさわしくなり、ニキビが減ったせいで肌の白さも際立つようになり、その勢いで、昔のままの快活さも孝平の中では〝こわっ〟から〝凜とした感じ〟という表現に修正された。

正女の新入生は〝焼き立てパン女〟とか言われているが、他のパンスケどもが油の回ったカレーパンだったら、彼女は白くて甘くて、ほんのり酸味があるチョコチップメロンパンだ。全然わけが分からないが、とにかく孝平はそんなふうに思っていた。

「確かに正女には遊んどる子も多いし、中にゃあ援交しとる子もおるって聞いたことある。でも、そんなんごく一部じゃ。正女の生徒がみんなそんなじゃと思われたら、私ら迷惑じゃや。コーへーまで高校入ったら急に挨拶もしてくれんようになって、おかしいわ」

彼女はそれだけまくし立てると、一拍置いてから玄関を開けた。そして、ガラスの引き戸を閉める直前、もう一度孝平に向き直って言った。

「自分じゃて、女のことばっかし考えとるダメ高のクセに」

ガラガラ・ピシャッ！　という音に続いて、ガチャガチャ鍵を閉める音が聞こえた。

「違う、そういうことじゃねぇ。違う……」

ガラス戸の向こうで遠ざかって行く彼女の淡い影を見つめながら、孝平は何度も心の中で呟いた。


「コーへー、もう決めたんか？」

勇太が、U．F．O．のお湯を側溝に捨てながら孝平に訊ねた。

昼休みの屋上は、黙認された食堂兼喫煙コーナー。今時では、私鉄の駅やオフィスよりも煙草にうるさくないだろう。

孝平は手すりにもたれて校庭を見下ろし、体育教師が五時間目の授業のために白線を引いているのを眺めながら「いや、まだハッキリとは」とだけ答えた。

「工業やら商業で、柔道やラグビーやっとる連中……」

コンクリートの上に直にあぐらをかいた久保田が、エビカツサンドを頬張りながら言った。

「あいつらぁ、黙っといても絶対参加じゃろ。高校行かんとヤンキーやっとる奴らも、信さんの一言で付いて行く。で、進学校に行っとる奴らやオタクは誘うだけ無駄じゃ。信さんもそりゃあ分かっとる。次に目ぇ付けられるんは、ワシらに決まっとる」

エビカツサンドが喉につかえたせいか、呻《うめ》くような口調だった。

孝平も勇太も何も答えなかった。三人の上空で、トンビだろうか、両翼を広げた鳥がクルクル気持ちよさそうに空を舞っていた。

孝平は腹ぺこだった。麻雀の負けが込んでいるために、ここ数日は昼飯代を浮かせようと昼休みは何も食べていないのだ。勇太にも久保田にも、「一口喰うか?」という優しさはない。

勇太がU・F・O・にソースをかけて、かき回した。孝平には酷な匂いが漂ってきて、胃袋が〝キュン〟と収縮するのが分かった。

信二に言われた会合は、今夜だった。

久保田は甘系のパンに取り掛かった。何かの競技かというくらいの勢いでそれを食べてしまうと、空き袋に息を吹き込んで〝パン!〟と割って、言った。

「この町に住んどって十六を迎えることと、あの祭に参加するっちゅうことはニコイチになっとる。大きゅうゆうたら、ワシらが今ここにおるということは、オトンやオカンがおるのと同じくらいにこの町があるからで、あの祭を否定するっちゅうことは我の存在を否定することになるんかもしれん。つまりは、物理的にただ〝存在〟するだけのワシらが、神話めぇた町の約束事を介して周りに認められて〝実存〟することを許されるっちゅうか何ちゅうか……」

どうせ爺さんあたりからの受け売りだろうが、久保田にしては珍しくまともな言葉だった。驚くべきことに、実存とか哲学っぽさまで交ざっている。そういえば久保田はさっきの四時間目、仮病でフケて保健室で寝ていた。さてはこいつ一本ヌイてきやがったな。オナニー後に一瞬哲学的な思考に陥るのは、毛の生えた男子なら誰だって経験済みだ。孝平はそう思って、久保田から半歩離れた。U．F．O．を頬張った勇太も、あぐらをかいたまま少し後退した。

「とまぁゆうてみたところで、勉強でけるかでけんか、オタクかそうじゃねぇかで線を引かれるのは、やっぱり解せん」

学ランの内ポケットからクシャクシャになったマイセンライトを取り出し、久保田は呻いた。火をつけると、残りを孝平に放って仰向けに寝転がった。煙草を恵んでくれる優しさだけはあるようだ。

「昔ぁ若いモンが発散するところが無かったけぇ、年に一回だけ堂々と無茶ぁ出来る場をつくって、それをほれ、奉納？　便宜上そういう具合にしたらしいけど、そんな昔の風習、今のワシらに押し付けられてものぉ。ワシらぁ、昔と違ぉて色々忙しいもんのぉ」

その言葉には、少しだけ同意を求めるニュアンスがあったが、孝平も勇太も何も答えなかった。

勇太は、時折むせ込みながらU．F．O．をズハズハ喰っていた。孝平は久保田の煙草を二本頂戴《ちょうだい》して、一本に火をつけ、一本を髪で隠れた耳に挟んだ。

柵に両腕をからませて校庭を見下ろすと、強い風に巻き上げられた砂が渦になって、一瞬、体育教師を隠した。少し遅れて、くわえ煙草の先から灰と小さな火種が飛ばされていった。

足元で勇太が「ごっそさん」と小さく呟いて柵にもたれ、まばらなアゴヒゲを玩《もてあそ》んだ。何か思案している時の彼の癖だ。

「昔みてぇに、福男になったら好きな女をモノに出来るゆうんなら、ほら頼まれんでも出るわ。

せめて誰かとヤらしてくれるとかな」

久保田は今度はうつ伏せになって、意味不明のクロールをしながらそう言った。彼の中では、まったく性格の異なる二つの問題が複雑に絡み合っているらしい。

「♪信さんとじゃなしにぃ〜、ワシはパン女とぉ〜、裸祭ぃやってみてぇ〜」

歌まで唱《うた》い始めた。遂に壊れたようだ。

三人より五つ年上の信二は、地元では知らない者のいない悪童だった。孝平と勇太は小さなガキの頃から顔見知りで、中学生になり悪い遊びを覚え始めた頃からは特に世話になっている。ヤンキー絡みのトラブルに巻き込まれそうになって、「信さんの知り合いじゃ」の一言で何事もなく収まったことも一度や二度ではない。信二に教えてもらったことの中には、親や教師が顔をしかめるような悪さもあったが、とにかく良くも悪くも様々なことを教わってきた。

久保田は違う学区だったが、信二がシメた三つの中学のうちの一つに通っており、直接の関係が薄いだけに信二の存在は半ば神話めいたものにまで膨張している。

そんな信二に反旗を翻すことは、三つの中学の学区内に住む十五歳から二十歳くらいの年代で少しでもバカの自覚症状を持つ奴なら、誰も思い付かないことだった。

「親父さんの会社を継ぐ継がんゆうて喧嘩して、一年くらい姿ぁくらましとったじゃろ。これで町も平和になる思うとったら、何事もなかったみてぇに戻って来るんじゃもんなぁ。しかも青年団の長《おさ》んなって、あれこれ仕切るようになってしもうてから。前より始末におえんわ」

久保田は同意の言葉を待っていたようだが、孝平も勇太も何も言わなかった。

その沈黙の意味を微塵も考えてみようとしない久保田は、クロールの息継ぎみたいに顔を横向きに上げ、これならどうだという感じで話題を変えた。

「おめぇら、浅倉って覚えとるか？　ほれ、夏休みに入る前、東京の高校へ転校した奴がおったろうが」

息子が川西北高校へ通っていることが恥ずかしくてたまらなくて、経済的に余裕がある親を持つ、幸せなのか不幸なのか分からない孝平達の元クラスメイトのことだ。少し突き出た下顎を持ち、少し変わったデザインのセルフレームの眼鏡を掛けた奴だった。人との少しの違いは、心ない奴らにとって格好の餌食だ。彼は入学初日に「アゴメガネ」という、どストレートな渾名《あだな》を付けられていた。

「ワシ、あいつとは小中一緒じゃったからな、今でもたまに電話があるんよ。東京の高校はぼっけぇ面白ぇらしいわ」

東京の私立高校へ編入した浅倉は、すぐに友達が出来て、誘われるがままにアキバや渋谷で遊び歩いているそうだ。孝平達にとってはニュースの中の出来事でしかない、大きなイベントやコンサート、スポーツ観戦などに、休みの度に行っているという。

「ぼっけぇセーシュンをオーカしとるよなぁ。二年になったら、バンドを組もうゆうて誘われとって、楽器を何にするか悩んどるんじゃと。こっちゃあ、褌を締めるか締めんかで悩んどるゆうのに、なんちゅう違いなら。異国ぅ通り越して、異星の話じゃわ」

孝平には、その外見的な特徴以外に浅倉のことは記憶にない。向こうから積極的に話し掛けて来るような奴でもなかったし、なにしろ三ヵ月余りのクラスメイトだったし。ただ、すぐに友達が出来て休みの度にどこかへ遊びに行くとか、バンドに誘われているとか、そういうことからは程遠い根暗な印象しかない。都会という環境は、人の性格まで変えてしまうものなのだろうか。

「芸能人にもしょっちゅう会うってゆうとったわ。アイドルとか女優はさすがに見んらしいけど」

意味不明のクロールをしながら喋り続ける久保田を見ていたら、孝平はだんだん腹が立って来た。こいつはさっきから何を言いたいのだ。

「若手のお笑い芸人くらいなら、普通に電車乗って……」

「おい久保田」

「は？」

「おめぇはさっきから何が言いたいんなら。信さんに逆らえんていうことの再確認か？　都会のモンはええのういう妬みか？　どっちもゆうたとこで埒が明かまぁが」

久保田は「ちゃうちゃう」と言うと、待ってましたとばかりに起き上がった。孝平達が話に乗って来るのを待っていたようだ。

「職人やヤンキーやっとる奴らでも、うまいことやっとる者ぁおるんで。ワシの中学の先輩で今ぁ大工の見習いやっとるのがおるけど、今年からもう褌祭にゃ参加せん、てゆうか、参加出来んらしいわ」

久保田はそこで一旦話を切った。明らかに孝平と勇太から「なんでなら」と訊ねられるのを待っている。ちょっと悔しかったが、孝平は願い通り「勿体付けんなや」と訊いてやった。

「腕に墨ぅ入れたんじゃ。墨ぃ入っとるモンは、裸祭にゃ参加出来まぁが」

「なるほど、その手があったか。ってなるか、あほう」

思った通りの反応だったらしい。久保田は腹を抱えてゲラゲラ笑い、孝平の肩を痛いほど叩いた。続いて、金網にもたれて食後の煙草を燻《くゆ》らしていた勇太の肩も叩こうとした。

だが勇太は鬱陶しそうにその手を払うと、久保田を見上げて「えぇがな」と小馬鹿にするように笑った。

「久保田、えぇ機会じゃから、おめぇ墨を入れてまえ。ほんで祭に出んでもえぇんなら、安ぃもんじゃろうが。そうじゃのう、〝パン女命〟とかどうな？　いっそのことデコにでも入れてしまえ。タイソンも顔に入れとるし流行《はや》るかもしれんで。校則にも〝デコに墨を入れてはならない〟っちゅうのはなかろうが」

久保田に負けず劣らずお調子者の勇太が珍しく苛立っていたので、今度は久保田が黙り込んでしまった。

「よっしゃ、決めた」

勢いよく立ち上がると、勇太は冬の青空を見上げた。暫く沈黙して何事か考えていたかと思うと、徐《おもむろ》に煙草を深く飲み込み、空に向かってゆっくりと煙を吐き出した。

「バシッとゆうたるわ」

「ゆうって、何をぉ？」

「決まっとるがな。さっきおめぇがゆうとったことをじゃ。あがいな祭は意味がねぇ、じゃけぇワシらは参加せん、そうゆうことじゃ」

久保田も孝平も息を呑んだ。何も答えないのを待ってから、勇太がまくしたてた。

「うちの親父も〝いよいよじゃのォ〟とかヌカしとる。〝十六になったもんの特権じゃあ〟ゆうとる。じゃったら、それを断るんも十六の特権じゃ。久保田、おめぇはそうやってウジウジゆうとれ。ワシが信さんにバシッとゆうとる間に、家でセンズリでもコイとれ！」

体育教師が校庭に引くラインが、どうやらハンドボール投げのものらしいことが孝平には分かった。

上空では、先程のトンビがまだ輪を描きながら滑空していた。一陣の風が吹いて、トンビは斜めに傾いて急降下した。


日付けが変わろうとしていた。

会合からの帰り道、孝平と勇太と久保田は、コンビニの表の車止めに並んで腰掛けていた。三人とも、会合で振る舞われた冷や酒で強かに酔っていた。一月の終わりの夜風は酔いを冷ましてくれるような気がしたが、それは本当に気がしただけで、酒を呑みつけない高校生三人は冷めてるつもりのベロンベロンで、つまり最悪だった。

「信さん、えらいあっさりしとったなぁ」

勇太が酒臭い息を漏らしながら呟いた。

集合時間とか注意事項とか宝木を奪うフォーメーションとか、そういった話が小一時間で終わり、会合はすぐに決起集会という名の呑み会になった。

ヤンキーや体育会系で埋め尽くされた公民館の三十畳程の広間は、あちこちで「○○町の××は、この祭で半殺しにしちゃらんとのォ」「そうじゃのう、祭の怪我はチャラじゃからのう」などという物騒な会話が展開し、『密着○○警察24時』系番組のモザイク入り映像でお馴染みの暴走族の集会みたいだった。

そんな雰囲気の中、勇太は頑張った。彼が昼間に言った「バシッとゆうたるわ」という表現からは程遠いながらも、かなり頑張った。孝平も久保田も、そして恐らくはこの町に住む半端な奴ら全員が抱えた疑問や悩みや希望を、実に理路整然と信二に説明した。最後の「……というワケで、ワシらは会陽には参加……しとうないんです」も、語尾が聞き取れないくらい小さかったとはいえ、勇気ある言葉だった。

信二はただ黙って、勇太の言葉を最後まで聞いていた。

「そんなこと言いにわざわざ来たんか？　別に、参加は自由じゃ。自分で決めたらえぇがな」

信二の返答は、これ以上ないくらい簡単だった。

本当なら、喜んでもいいはずだった。あれほど渋っていた祭に参加しなくてもいいと幹部の信二に認められたのだから、コンビニの前で溜め息を吐くようなシチュエーションではないはずだった。

だが何故か、孝平と勇太は溜め息ばかり吐きながら、コンビニに出入りする客を黙って見つめていた。中には、今夜の会合にいたヤンキーもいた。彼らはゲラゲラ笑いながらコンビニに入り、ゲラゲラ笑いながら帰っていった。何人かは孝平達の知り合いもいて、少し言葉を交わしたりメジャーリーガーがホームランでも打ったみたいに拳を合わせたりした。そして、その背中を見送る度に、二人はまた項垂れて酒臭い溜め息を吐いた。

ただ一人、久保田だけは違った。

「何を二人してガックリしとんなら。良かったじゃねえか、信さんが参加は自由じゃてゆうてくれたんじゃから、オウ？」

真っ赤な顔でそういう久保田は、まるっきりだらしなく酔っ払ったおっさんみたいだった。そんな妙に一人だけ明るい久保田の顔を見るのも何だか癪《しゃく》で、孝平と勇太はやっぱり項垂れるしかなかった。

「ありゃ？」

項垂れた孝平の後頭部に、誰かの声がのしかかってきた。ゆっくり顔を上げると、スウェットとサンダルに濃紺のダッフルコートという不思議な格好をした栗田優子が、不思議そうな顔で見下ろしていた。風呂上がりらしく、髪の毛がまだ乾ききっていなかった。

「コーへー何しとん？　このクソ寒いのにこんなとこで」

「おまえこそ、何しとんなら。こんな夜中に」

「ちょっと立ち読み……あ、コーへー、あんた酔ぉとるじゃろ？」

「おう、酔ぉとるで。悪ぃか？」

「うわ、ほんま酔ぉとるわ……」

独り言のように呟いて、彼女はコンビニの中に入っていった。

二人のやり取りを不思議そうに眺めていた勇太と久保田が、自動ドアが閉まると同時に「ありゃ誰なら」と訊ねた。

「えと、栗田優子。あれ？　勇太は知っとる……」

「えぇ！　栗田ぁ？　うわああ……」

勇太は一旦頭を抱え込んだが、「えぇ？」とすぐに顔を上げて店内を覗き見ながら彼女の姿を探した。

「誰誰誰誰誰誰誰誰誰誰誰誰誰誰誰誰誰？」

久保田が七百回くらい言ったが、それは無視した。

「確かに栗田じゃあ。分からんかったわぁ。あいつ、一年でぼっけぇ変わったなぁ……」

勇太も、彼女に対して孝平と同じ印象を持ったようだった。一旦頭を抱え込んだのは、名前を聞いただけで小三の苦い思い出が蘇ったからだろう。

彼女は雑誌一冊と缶ビールを買って、すぐに出てきた。

「そうか、今日は裸祭の会合じゃったんじゃな。どうもさっきからヤンキーみてえなんばっかしブラブラしとると思うたんじゃ」

彼女は店から出て来るなり孝平の隣に座って、缶ビールをプシュッと開けると、ゴキュゴキュ喉を鳴らして呑んだ。

「ぷはあ〜、風呂上がり！　夏はコレ！　冬もコレ！」

どうやら仲間に入ろうとしているらしい。

しきりにアゴヒゲをいじっていた勇太が顔を伏せた。が、それが却って彼女の視線を彼に向けさせるきっかけになった。

「あ！　ユータじゃ！　久しぶりぃ！」

「……久しぶり……」

「なに〜その頭？　アフロ？　コント？　どっち？　あ、罰ゲーム？」

「……うるせぇ……」

「色気付いたねぇ、キミも」

「……うるせぇ……」

「もう女の子に泣かされとらんかね？」

それは言っちゃダメだ、栗田優子。

「な、なにゴラァ！　いつまでもガキの時の話ぅすな！　違う意味で泣かしたろか。おめえだっきゃ、昔っから人の神経……」

「初めまして。ボク、川西北高の久保田といいます」

久保田が勇太の言葉に割って入った。勇太はキレかかったところで腰を折られて、久保田に対してかなりブチキレてもいいところだったが黙ってしまった。久保田が自分のことを「ボいたし、栗田優子に右手を差し出すポーズがとてつもなく変だったからだ。

「クリタさんとおっしゃるんですか。ボク、この二人と仲良くさせてもらってる者です。どちらの高校に通ってらっしゃるんですか？」

見事な標準語だった。

「……正女……」

彼女が答えた瞬間、久保田の顔がトロトロに溶けた。

「正女……あぁ、正林女学院ですか。いやぁ素晴らしい。ところで今度、ボク達とコンパしませんか？」

正女の何が〝素晴らしい〟のかも、〝ところで〟がどこにつながるのかも一切分からなかった。全部〝そんなことはどうでもええから〟に置き換えても〝コンパしませんか〟につながった。

「コーヘー。何？　このデブ」

栗田優子が聞こえよがしに言って、溶けかけの久保田の顔面は溶けかけのまま固まった。その顔が見るに堪えないので孝平が彼女に向き直ると、彼女は中学時代に教師や男子に文句を言う時の、あの懐かしくも恐ろしい藪睨《やぶにら》みになっていた。この表情だけは「ゆうちゃん」と呼んでいた頃から変わっていないらしい。

「あんたらなぁ、ヤンキーでも職人でも体育会系でもねぇダメ高の半端者のクセして、あんな祭に出ることねんじゃねぇ？　どうせ怪我だらけになるだけじゃろ？」

「そうそう、そうなんです」

溶けかけのままで久保田が何とか声を発した。打たれ強い。

「だから、褌一丁でアホどもが群れ合ってる時にですね、それを酒の肴にでもしながらですね、ダメ高とパン……じゃない正女でですね、楽しく合コンを……」

久保田がこんなに必死に食い下がるのは、孝平も勇太も見たことがなかった。だが、如何に久保田の願いが一世一代のものであろうと、それは栗田優子に関係のないことであって、結局久保田は彼女の「死ね、デブ」に一蹴されてしまった。

「コォ～ヘェ～！」

逆上した久保田の怒りの矛先は何故か孝平に向いて、彼は控え室に向かう廊下で敵にかち合わせたプロレスラーみたいに叫びながら、孝平の首に組み付いた。

それを見て、栗田優子は「あほー」と小さく言って立ち去った。その後ろ姿を見て久保田もおさまり、ダメ高の三人とパン女の一人は黙って家路についた。勇太と久保田はコンビニから左方向、孝平と栗田優子は右方向だった。

「相変わらずしょーもねぇ連中とツルんどるなぁ」

「ハア、スンマセンな」

上弦の月が上空に浮いていて、彼女と孝平の跡をずっとつけているみたいだった。

「あのな……」

酔いに任せて、珍しく孝平の方から話し掛けた。

「ん？　なになに？」

栗田優子が、少し驚いたように顔を上げた。そのニカッと歯をむき出しにした笑顔も「ゆうちゃん」と呼んでいた頃と変わっていなかった。感情が溢れる時、彼女は「ゆうちゃん」に戻るみたいだ。

「あの……さっきのデブがゆうとったこと、まんざら冗談でもねぇから、そのうち考えたってくれぇや」

それだけ言うと、今度は彼女の顔がみるみる曇っていくのが分かった。これは中三までにながった、何だか妙に寂しげな横顔だった。

「コーヘーもやっぱり、コンパで女の友達作って、誰でもえぇから手っ取り早いことエッチしてぇとか思うとるん？」

「そんなこと、考えてねぇ」

「ウソ〜」

「ウソじゃねぇ」

「へ〜」

「おまえなぁ、みんながみんな女のことしか頭にねぇと思うな」

「フーン」

「じゃからおまえも、誰でもちやほやしてくれると思うな」

「ホ〜イ」

「ただ、あのデブが毎日毎日うるせえから、頼んだだけじゃ。おまえが嫌なら別に……」

「〃おまえおまえ〃うるさいわ」

「え？」

「〃おまえ〃ゆうな。昔みたいに〃ゆうちゃん〃って呼んでみ」

彼女はそう言いながら、孝平のアゴの下に握り拳をコツンと当てた。それから、孝平の目を真っ直ぐに見つめた。

二人とも立ち止まった。月も止まった。

暫くして彼女が「にっぷぅ」と呟いて、歩き出した。

月は溜め息でも吐くみたいに雲間に隠れた。孝平の頭の中に「えぇ？」というとびきり巨大な疑問符が浮かんで、彼は結局、彼女の自宅の玄関先までずっと俯いて歩いた。

「……ほんじゃあ」

玄関先で孝平が行こうとすると、「ちょっと待って」と引き止められた。振り返ると、ダッフルコートの胸元で腕を組み、サンダルばきの両足をX字にして擦っている彼女が、「ゆうちゃん」の頃とは少しだけ違う種類の笑顔で孝平のことを見つめていた。

「中学の修学旅行で一緒に写真撮ったん、覚えとるじゃろ？」

ひどく煙った阿蘇の噴火口を背景にニカッと笑う彼女と、その隣でブスッと突っ立った自分の写真がすぐに思い当たった。

「あの写真、こないだ学校に持っていったら、コーヘーのこと気に入った子がおって、紹介してくれゆうてうるさいんよ」

何を言おうとしているのか何となく分かったが、取り敢えず「？」という顔をしておいた。それは決して、照れ臭さを隠そうとしたのではない。まだ見ぬその子が無茶苦茶ぶさいくだったらどうしようという先走った危惧も、せいぜい三十パーセントくらいだった。

「祭の夜、その子に山の公園で待っとるようにゆうとくから」

〝山の公園〟とは、裸祭の夜に見物人で賑わう、古刹の裏手にある丘陵地のことだ。孝平も去年までは、その高台の公園からイカ焼きにかぶりついたりしながら、祭を見下ろしていた。もっと幼い頃は両親に連れられて、栗田家と一緒に行った年もあったような気がする。

彼女はそれから、アホらしいから自分はそこにはいかない、その代わり分かりやすいよう特徴を言っておくと一方的に喋った。背格好は私と同じくらいだけど髪の毛はもっと短い、ちょうど私が中学時代にしていたような感じの短い髪型だと言った。

「すぐ分かる思うわ」

そう言って、彼女は半分玄関の引き戸を開けた。

「悪ぃけど、行くかどうか、分からんで」

慌ててそう言った。

「へぇ、ほんなら祭ぃ出るん？」

「イヤ……それも……分からん」

「あんなの、他にやることのねぇヤンキーや筋肉バカに任せといたらえぇんじゃねん？　なんか意味あるん？」

わざわざ言われなくても、そんなことは何度も考えた。それでも、考えても考えてもこのへっぽこ頭では何一つ分からないから、困っているのだ。

そう言ってやろうと思った。

だが、口から出たのは自分でも意外な言葉だった。

「でもな……」

「でも？」

孝平には、適切な答えがなかった。何故、自分でも嫌になるくらい考えてきたことを他人から言われたら、こうも感触が違うのだろう。わけが分からない。分からないながらも、彼女の言い分を全力で否定したいような気がする。まったく、わけが分からない。

孝平は、黙って俯くしかなかった。

「……とにかく、その子にはゆうとくから」

一方的に話を終えると、彼女はガラス戸の向こうのシルエットになってしまった。

孝平は、シルエットが完全に見えなくなって、玄関の明かりが消されてしまってからも暫くその場に立ち尽くしていた。

まだ少し残っている酔いに任せて言ってしまいたかった。喉が渇いていた。どうせ言えなかったその言葉が、喉でつっかえた。

「ビバ！　褌！」

久保田がヤケクソ気味に叫びながら孝平と勇太に抱き着いた。何が〝万歳《ビバ》！〟なのか分からなかったし、褌一丁の姿にはまったく似合わない言葉だったし、第一あの夜以来、裸祭のことは話題に出なかったのになんで三人とも揃っているのか分からなかったが、とにかく裸祭は始まろうとしていた。

開門の直前、門の外では既に場所取りの攻防が始まっていた。あちこちでちょっとした小競り合いが起こり、時折突発的に怒鳴り声や悲鳴も聞こえていた。

孝平達はそういった物騒な雰囲気から数歩離れ、灯油缶に焚かれている火で暖をとりながら約二百名の褌野郎どもを惚《ほう》けた顔で眺めていた。

身体の出来た体育会系や、気合い入りまくりの表情をしたヤンキー連中は、ホモ雑誌ばりに褌姿がよく似合っていた。中でも、極細眉に剃り込みリーゼントという古典路線のルックスで、なおかつ土方仕事のせいで身体も締まった信二は、なんだかハイブリッドな感じだった。

一方、半端系はというと、孝平はわけも分からず褌を締められた虚弱児だったし、アフロの勇太は火薬の多いマッチ棒だったし、デブの久保田は出来損ないの鏡餅みたいだった。初めて巻く褌は、やけに股間を締め付けてナニを刺激し、白い足袋は殆ど直に砂利の感触がして、なんとも心許《こころもと》なかった。

「なんじゃ、おめぇら？　来たんか」

ハイブリッド型が声を掛けてきた。

「こないだぁ、参加せんてゆうとったがな」

勇太がアゴヒゲを触りながら何か答えようとしたが、それは「いや、その……」とか「なんとのぉ、一回くらいは……」とか、なんとも歯切れの悪いものだった。

「ええ、ええ、みなまでゆうな。まぁ、ゴチャゴチャ考えんと、気合い入れて楽しめや」

信二は、灯油缶の火に照らされた赤い顔をいかにも楽しそうにほころばせながらそう言うと、勇太、孝平、久保田の順でケツっぺたを思いきりシバいた。ベシッ！　ビシッ！　バシッ！と、いい音が響いて、信二はゲラゲラ笑いながら門前の群れの中に戻って行った。

三人は呆気《あっけ》にとられて信二の後ろ姿を眺めていたが、少し間が空いた後で揃って「いってぇ～！」と叫び、互いのケツを見せ合った。三人ともケツっぺたに見事に赤い手形がくっきり残っていた。

「まぁ、こういうのも悪ぅねぇ」

マッチ棒が言った。孝平は勇太が言わんとすることが何となく分かって、「うん」と答えた。

「ジャーン！　Tバック！」

鏡餅は褌の後ろをキュッと自分で持ち上げながらふざけた。持ち上げ過ぎたのか、手を緩めると前から具が半分出た。

「よっしゃぁ！　いくでぇ！」

開門の瞬間、信二が叫んだ。孝平達を取り囲んだ数十人のヤンキーや体育会系の群れが地鳴りのような低い雄叫びで応える。少し遅れて、孝平と勇太も叫んだ。いくら叫んでも、自分を取り囲んだ数十人、さらにその外側を包む二百の男どもの雄叫びにかき消されて、自分の声も殆ど耳に届かなかった。具が出た久保田は「ちょちょちょ……」と慌てていたが、門は開かれた。

二百の褌男どもが一斉に境内になだれ込む。端の方にいた何人かが門柱にブチ当たってスッ転ぶ。それに躓《つまず》いた後続の何十人かがまた転ぶ。よろめく奴を蹴倒しながら突き進む。あちこちで勇ましい雄叫びや怒号が聞こえる。それらに交ざって、助けを求める悲鳴も聞こえる。肉と肉、骨と骨がぶつかる鈍い音も聞こえる。

すべての思考を放棄した叫びは、それが勇猛なものであろうが助けを求めるものであろうが、どれもこれも母音だった。

遠くから見下ろすと、二百人近い裸の群れは右へ左へ、前へ後ろへと、申し合わせて動いているように見えた。

男共の野太い声は凍てついた空気を震わせ、護摩の炎を揺らす。その炎で出来る群れの影もまた、小刻みに震える。

四十絡みの男が「ホラ、見てみい」と、傍らの男の子に言った。幼稚園児ほどの男の子は「見えん!」と怒鳴った。反対側の手を握った姉らしい少女も「見えん!」と叫んだ。父親は少し考えて、男の子の方を肩車して、「見えるか！」と興奮気味に叫んだ。男の子は「うん、見えるで！」と応えた。女の子は、諦めたみたいに、後ろで待っている母親の方に駆けて行った。

その隣で、栗田優子も裸の群れを見下ろしていた。

群れの脇の方から、バケツの水がぶちまけられた。途端にその辺りの声が一オクターブ上がり、少し遅れて、物凄い量の水蒸気が立ち上った。

「アホらし……」

呟いてみた。呟いて、肩にかかった髪を払った。何の抵抗もなかった。今朝、中学時代と同じ短い髪に戻したことを忘れていた。

「ほんまに、アホらし」

髪を切ったことを忘れていた自分に苦笑した。

『別に、後で信さんにどやされるんが恐かったからじゃねぇ』

孝平は思った。

周りの人間の肘や膝が容赦なく身体にめり込んでくる。右隣の勇太は「痛ぇ、痛ぇ」と言いながら、それでも笑っていた。

最初は方々で好き勝手な言葉を叫んでいた声が、誰が指揮するでもないのに、いつの間にか「わっせい、わっせい」で統一されていた。孝平もその掛け声に同調しようとしたが、単調なリズムに何故か上手く乗れない。足元に神経を集中させているからだ。

子供の頃、山の上から見ていたのでは分からなかったが、傍目に見える部分では大した攻防はない。下半身の方で物凄いことになっている。蹴られる感覚はどうということはない。恐いのは、踏まれる感覚だ。下手に転んでしまうと、もう取り返しがつかないことになる。後ろの奴は、前にいる奴の足を踏めば自分も巻き込まれるのが分かっている。危ないのは前の奴の後ろ足だ。開門から一分足らずで、孝平はそのことを理解した。勇太達に教えようとしたが、すぐ隣にいる勇太は見たことのない目の色をしている。

実際、傍目で見ていて余裕があって、あれこれ考えられることよりも、その中に飛び込まなければ分かりっこないことの方が圧倒的に多い。逆に言えば、分からなければうだうだ考えずに飛び込め。

そういうことだ。

「自分で決めたらえぇがな」

何故か、最後の青年団の会合で信二に言われた言葉を思い出した。

「こりゃあ、トランスじゃあ!」

勇太が孝平に向かって叫んだが、孝平には「トランクスじゃあ!」と聞こえた。何のことやら分からなかったが、たぶん褌に引っ掛けてくだらない洒落でも言っているのだろうと思い、孝平は取り敢えず「褌じゃあ!」と訂正して叫び返した。

もっとわけの分からない勇太は、今度は「なんぼのもんじゃあ!」と叫んだ。二人とも周りの「わっせい」に乗れずに、適当なことばかり叫びまくった。勇太の叫びは語尾だけ引き延ばされて、そのうち「ああああああああああ！」になった。

「いいいいいいいいいい！」

久保田も叫んだ。たぶん「ひいい！」の語尾だ。

今、何かを叫んでも、誰の耳にも届かない。万が一届いたとしても、それがどういう意味なのかということまでは考えないだろう。孝平はそう思って、大声で叫びたい言葉を探した。

そして、叫んだ。前にいる年上のヤンキーの両肩に手をかけ、そのやや長めの襟足に向かって、何度も叫んだ。周りの怒号や悲鳴にかき消されて、自分にも聞こえなかった。

「おおおおおおおおおお！！！！」

気付いたら、孝平の言葉も思考も全部、母音だらけになっていた。

キリン

駅から自宅へ向かう途中、辻本光司はその少年に気付いた。

少年は、重く湿った風を受けながら海を見つめていた。

時刻は午後七時。初夏の陽はまだ暮れ切っていない。子供が一人で海を眺めていたからと言って、何も特別な事ではない。だがそれが一週間も続けば、少しは気に掛かった。

この町は、高度経済成長期に生まれた人工の地面の上にある。今でも旧市街地には「波」や「岸」の字が付いた町名があり、漁の無事を祈念する祠《ほこら》も残っている。その辺りが昔の海岸線で、現在の市の面積は半分が埋め立て地だ。コンクリートが海を抱くように直線的な湾を形成しており、その湾の東側が工業地帯、西側が倉庫街になっている。

だから海沿いの町と言っても、ドラマチックな風景など望むべくもない。

高さ二メートル以上あるコンクリート製の防波壁に遮られて、歩道を歩く辻本から海は見えない。だが、防波壁の上の少年が目にしている風景は容易に想像出来た。錆び付いた梯子《はしご》を上り、でこぼこのコンクリートに尻を乗せ、強い風を受けてまで眺めるべき風景だとは思えなかった。

少年の近くまで来た時、辻本は少し歩調を緩めた。すると、その気配に気付いたのか、少年が振り返った。ほんの一瞬、擁壁の上と歩道で視線が交錯した。

少年の方が先に目を逸《そ》らした。

西を向いた少年の背中が、溜め息を吐いたように萎《しぼ》んだ。小学生が溜め息を吐くのを見るのは初めてだった。

『まぁ、どうでもいいか……』

いつもならそう思うのだが、その日の辻本は少年の背後を通り過ぎ、数メートル先にある梯子の位置で立ち止まった。

目を逸らされたのが気に入らなかったのかもしれない。誰かと喋りたい気分だったせいかもしれない。理由はともかく、辻本は何故か唐突に、少年に声を掛けなければならないような気分に見舞われ、梯子に手を掛けた。

「よぉ、少年」

少年はブラブラさせていた足をピタリと止め、驚いた顔で辻本を見上げた。十歳くらいで、青白い顔にメガネを掛け、スポーツは苦手だけどお勉強は出来そうで、つまりいかにも平成の優等生という感じの小学生だった。

防波壁の上で感じる風は、ことさら強かった。その潮風に顔を向け続けていたせいで、少年の軽くカールした前髪はすべて上を向いていた。

見知らぬ大人に見下ろされ、少年は戸惑っていた。傍らに置いたデイパックを引き寄せて抱え込み、いつでも逃げられる態勢に入った。デイパックには『Kaito』と書かれたプレートがぶら下がっていた。

「おまえ、カイトっていうのか。毎日ここにいるよな。何やってるんだ？」

カイトは暫く考えてから、小さく「いえ、別に」と答えた。まだ警戒を解いていない。

「〃別に〃ってことないだろ」

「見たら分かるでしょ。海を眺めてるんですよ」

「海ったって……」

そこから見える風景は、やはり歩道側で辻本が想像していたものと大差なかった。コの字形の直線的な湾、左に工場街、右手に倉庫街。潮の香りも淡く、消波ブロックのせいで波の音すら聞こえない。べったりとまとわり付く潮風が、海を感じさせるだけだ。海は夕陽に照らされて少しばかり奇麗ではあるが、別段珍しいものでもなかった。

カイトが見つめていた西の方へ目を向けると、倉庫街がぼんやり浮かんで見えた。海の際に建つ大きな建物が、改装工事でもしているのか白い防塵シートにすっぽりと覆われていた。夕陽を背負って異様なほど浮き立って見えたが、それにしても一週間も眺め続けて飽きない風景とも思えなかった。

「こんな景色、見てて楽しいのか？」

「いいじゃないですか、別に」

「何だよ、おまえ。〃別に〃ばっかだな」

「あのさぁ、おじさん」

「おじ……」

「会社で嫌なことでもあったんですか？」

「いや、別に……」

「こんな所で知らない子供に話し掛けてると、疑われますよ」

カイトは尻をはたきながら立ち上がり、防波壁から飛び降りた。

夏の夕暮れ、見知らぬ小学生に声を掛ける男。確かに、かなり怪しい。

カイトは歩道で車が途切れるのを待っていたが、何か思い出したように振り向き、おもむろに携帯電話を取り出した。そして、防波壁の上に突っ立った辻本にレンズを向けた。

「顔、撮りましたからね。僕に何かあったら、きっと捕まりますよ」

早口でそう言うと、逃げるように防風林の方へ駆けて行った。

「可愛くねぇ……」

頭を掻きながら呟くと、消波ブロックの隙間に入り込んだ海水が〝カポン〟と間抜けな音をたてた。

その直後、一際強い風が吹き付けてきた。辻本は咄嗟に左肘を上げ、顔に当たる風を遮ろうとした。風は腕をすり抜け、耳元で〝ヒュッ〟と鋭い音を立てて鳴った。

突然、胸が激しく動悸を打った。呼吸が苦しくなり、筋肉が緊張し、口の中が乾いた。風は一瞬だったが、音はいつまでも耳の奥で鳴り続けた。

音が遠退《とおの》くと、動悸も呼吸も治まった。

辻本は擁壁の上にしゃがみ込み、額に汗をかいていた。背中にも、じっとりと汗が浮かんでいるのが感じられた。

消波ブロックの上で、おびただしい数のフナムシが蠢《うごめ》いていた。


「会社で嫌なことでもあったんですか？」

なくもない。

会議室を出て七階に戻ると、辻本はデスクに向かわず、エレベーターホールの一角に設けられた喫煙コーナーに入った。

アクリル製のパーテーションで囲われた六畳ほどのスペースには、喫煙カウンターとドリップコーヒーの自販機が据えられている。だがこのフロアには女性社員が多く、喫煙者もコーヒーの需要も少ないため、いつも人気《ひとけ》がない。

辻本もニコチンとカフェインは好まない。ただ少し一人になりたかっただけだ。

「まいったな……」

パイプ椅子に座り、会議中に思い続けていたことを口にすると、どっと疲れが出た。

三十歳前後の中堅社員が集う、月に一度の会議だった。部署毎のトップダウン型会議では言い難いことを、同年輩の者同士で所属を超えて言いたいだけ言い合うという趣旨で、数年前から取り入れられたものだ。

皆、潑溂《はつらつ》と意見を交換していた。

まるで百貨店という戦場で戦う軍隊の、大隊本部小隊と通信偵察小隊と補給小隊と整備班と救護班が、それぞれの言い分をぶつけ合っているみたいだった。

辻本は殆ど発言しなかった。彼らが口角泡を飛ばして言っていることの半分も理解出来なかった。マーケティングだのネット販売だのの話は、ほぼ全滅だった。

白熱する意見交換は、最終的に共通の敵である軍本部を糾弾することで丸く収まった。そこには大爆笑を誘発するような冗談も織り交ぜられていたらしいが、辻本はそれすら分からず後乗りで作り笑いを浮かべるしかなかった。

最後に、今回が初参加である辻本に感想が求められた。「大変参考になりました」などと適当に誤魔化したが、本当の感想は「おまえらの話はカタカナが多い」だった。

地方の百貨店とはいえ、けっこう大きな会社なんだよな。みんなしっかりしてらぁ……。

入社して既に九年になるのに、改めて思った。

同期の者達より出世が遅くなることは、入社当時から分かっていた。三十歳を過ぎて劣等感に苛《さいな》まれることも、ある程度は想定済みだった。だが、物質的、金銭的、立場的なことばかり考えていて、その差が生じる原因の方に目が向いていなかった。

立ち上がり、窓を開けて外を眺めた。

防波堤の向こうで、波が白いラインを幾本も作っていた。巨大な貨物船が、そのラインを崩しながら音もなく工業地帯へ向かっている。風を求めて窓を開けたのだが、殆ど無風で潮の香りも感じられなかった。

窓を閉めて首筋を揉むと、肩や首だけでなく全身が凝り固まっている事に気付いた。会議中、無意識にずっと身体を強《こわ》ばらせていたらしい。

両手を組み合わせて大きく伸びをする。そのまま上体を横に倒して腹斜筋を伸ばす。広背筋を引き伸ばすように前傾。肩を回して後ろで手を組み、胸部を開く。四股《しこ》を踏む格好で股関節を開き、左右の肩を交互に入れる。ハムストリングスとアキレス腱をゆっくりと伸ばす。足首を回す時は慎重に、下腿二頭筋を意識しながら……。

それほど力を込めなくてもいい。ほんの少し筋肉と関節の可動域を広げるだけで、身体はすっと軽くなった。

手慣れた流れでストレッチを終えると、辻本は終了後の儀式のように目を閉じて深く息を吸い込んだ。身体の隅々に血が巡って筋繊維の一筋一筋が酸素を取り込み、しなやかになっていくのをイメージする。

その時、目蓋の裏に細いラインが浮かんだ。同時に、鼻孔の奥に青臭い匂いが広がった。雨に濡れた緑と土のような匂いだった。

目を開けると同時に、ラインも匂いも消えた。辺りを見渡しても、何一つ変わっていなかった。観葉植物の鉢の土は、白く乾いている。もう一度息を深く吸ったが、喫煙所特有のヤニと濡れた灰が入り交じった嫌な匂いしかしなかった。

気のせいにしては、やけにはっきりとした匂いだった。

目の霞みや動悸なら分かるが、嗅覚の錯覚なんてあるのだろうか。

額に手を当てて、考えた。うねうね這い回る大量のフナムシを思い出し、辻本はもう気のせいでは済ませられないと思った。自分の身体に何か得体の知れない変調が起こっている事を、認めざるを得なかった。

「主任、何ぼんやりしてるんですか？」

パーテーションの向こうから声を掛けられ、辻本は我に返った。振り向くと、何かのファイルを大量に抱えた係長がこっちを見ていた。年下の上司だった。

「あれ、主任、煙草をお吸いになりましたか？」

「いいえ、吸わないですが、少し気分転換に」

「気分転換に、そんなヤニ臭いところに入らなくてもいいじゃないですか」

「あ、そうですね。まったくです」

敬語同士の妙な会話だった。辻本は頭を掻いて作り笑いを浮かべたが、係長はちっとも笑わなかった。

ファイルの半分を引き取って打ち合わせブースに運ぶと、各課の課長と係長がずらりと揃っていた。

辻本はファイルを置くと一礼してブースを出たが、近くにあったファックスが用紙切れのサインを示していたので補充に取り掛かった。すると、ブースの中から「ぼんやりしちゃってまぁ」という係長の声が聞こえた。誰かが「何かあった？」と訊ねているところまでは耳に届いたが、足早にその場を離れ、その後は聞かずに済んだ。

デスクに戻ると、メモがあった。

『7月×日　15：35　☑外線　オオガワラ様　☑改めて電話します』

総務部の内勤、しかも異動してまだ三ヵ月なので、辻本宛の外線自体珍しいことだった。辻本は「オオガワラ……」と二度口に出して呟いた。その男を名字で呼んだことがないのに気付くまで、数秒掛かった。

一瞬、会議も係長も青い匂いも、すべて忘れた。


それから数日後、辻本は会社帰りに大河原雄太郎を訪ねることにした。

あの日以来、会社に彼からの電話はなかった。辻本から彼の携帯電話にかけてみたが、『お客様のご都合により』繋がらなかった。

向こうからかけ直してこないということは、大した用事ではないのかもしれない。だが、三年振りに連絡してきたことや、直接辻本の携帯にかけてこないことなど幾つかの気になる点があり、足が向いた。

自宅の二つ手前の駅で降りて寂れた商店街へ入り、途中ビールと摘《つま》みを買う。かつて何度も足を運んだ駅と酒屋と道だったが、三年振りに見る町並みはかなり変わっていた。家は所々建て替えや改築が施され、二人で何度か行ったことのある銭湯はコインパーキングになり、商店街はシャッターが目立った。

三年も経てば町は変わる。人だって変わるだろう。かつて朝まで呑み明かしたアパートがないことや、あったとしても雄太郎がもう住んでいないことを半ば覚悟しながら、辻本は歩く速度を速めた。

「お〜、コージー！　お〜、ビール買って来てくれたんか！　お〜、上がれ上がれ！」

「お〜お〜うるさいな、相変わらず」

アパートはあり、雄太郎はおり、迎えられ方も昔と同じだった。今となっては誰も使わないコージーという辻本の呼び名まで、あの頃のままだ。色々と考えた割に、雄太郎は拍子抜けするほど変わっていなかった。

ビデオデッキがＤＶＤプレーヤーに変わったくらいで、六畳一間の部屋も町並みほど変わってはいなかった。雄太郎が座った座イスも背もたれが擦り切れ、辻本が座った座布団も薄っぺらで、三年前のままだ。

ただ決定的に違うのは、最後に来た時よりも六畳一間の部屋がやけにガランとしているように感じられることだ。

その理由ははっきりしている。だが、今日のところはそこに触れるべきではない。

辻本はそう思いながら、雄太郎が高く掲げた缶ビールに自分の缶を合わせた。

「で、最近どうよ。純正リーマン生活、もう慣れたか？」

乾杯して喉を鳴らした後、雄太郎から訊ねた。辻本の方が訊ねたいことは山ほどあったのだが、まずは正直に自分のここ三年と今の状態について説明した。

スポーツ用品売り場で走り回っていた子供を怒鳴ったら、販促部から食品管理部に異動させられた。地下の倉庫でパートのおばちゃん相手に栄養学や食品添加物について説明していたら、この春から本社の総務部に回された。

「予《あらかじ》め教えてくれればいいんだよ、こっちはど素人なんだから。扱い難いのは分かるけど、変な気ぃ遣って新入社員教習を端折《はしょ》るんだもんな。おまけに、ウチ本来のステップにはない主任なんて役職まで作ってさ。今日だって会議で……」

辻本がそんなふうに話していると、ニヤニヤしながら聞いていた雄太郎が途中で堪え切れなくなったのか「ぶは！」と噴き出した。

「すげぇ！　これが俗に言う〝会社の愚痴〟かぁ。うん、なかなか板に付いてるぞ」

「褒《ほ》めてんのか？　それ」

「ああ、もうベタ褒め」

数少ない変化の一つである無精ヒゲをぼりぼり掻きむしって、雄太郎は更に笑った。

大河原雄太郎は、辻本の元同僚だった。同期入社で同じ販促部に配属された。そして二人とも、陸上部員だった。

大河原の専門は四百メートル、辻本はハードルだった。同じトラック系とは言え練習メニューが違ったから、最初の頃はあまり話をすることもなかった。だが、雄太郎のざっくばらんな性格もあって二人は急速に親しくなった。違う種目の選手同士で、プライベートでは殆ど競技の話をしなかったことも少なからず影響していた。

ところが入社五年目、陸上部は不況を理由に解散した。二人とも、二十八歳という競技者としてかなり微妙な年齢だった。

解散は、何の前触れもなく一方的に通知された。監督やコーチは決定後も会社側と交渉してくれたし、選手達の移籍先探しにも尽力してくれた。

だが結局、辻本は引退して会社に残った。一方、雄太郎は移籍先が決まらないうちにすんなり会社を辞めた。

「ハゲ村は元気かよ」

雄太郎は販促部にいた元上司の話を持ち出し、屈託なく笑った。

「あぁ、前頭部もてっぺんも奇跡的に進行が止まってる」

「ははは、マジかよ。スゲーな最近の育毛剤は。コージーはどうだ？　まだ髪は大丈夫だな」

「髪の毛は無事だが、最近は目が霞むし動悸はするし、鼻までおかしくなってる」

「あはは、おっさんだな」

「あぁ、おっさんだ」

「おっさんか？」

「おっさんだろ？　お互い」

雄太郎は俯いて落花生の皮を剝《む》きながら、「おっさんかぁ」と笑った。

大河原雄太郎は、かつて天才ランナーと呼ばれていた。

中学時代には、百メートルと走り幅跳びで県のレコードを作った。しかもその時はサッカー部に所属していて、競技会は普通の体操服とスニーカーだったという。高校に入って初めて陸上競技の本格的なトレーニングを受け、短・中・長距離走、跳躍と投擲《とうてき》まで非凡な才能に恵まれていることが判明し、万能型の筋肉と心肺機能を持った選手として注目された。インターハイや国体での活躍によって全国区となり、大学四年次にはアジア大会でメダルを獲った。会社に入った時は、鳴り物入りで迎えられた。

「ところでさ、この前、俺の電話に出たのどんな子？　可愛い声してたなぁ。いいよなぁ、職場に花があって。コージー、その子と仲いい？　合コンやろうよ、合コン」

その元天才が、今は落花生を口に放り込み、いかくんをむしゃむしゃ食べ、二本目のビールをプシュッと開けながら、合コンのセッティングを要求している。辻本は幾分げんなりしながら半分ほど残ったビールを一息に呑み干し、言った。

「敬語もまともに使えないような若い女と酒を呑んだって、疲れるだけだ」

「勿体無いなぁ。与えられた環境を楽しめよ」

「楽しむ？　冗談言うな。現役を引退して職場に入った陸上部員なんか、年下の上司と敬語同士で喋って、ガッツだの根性だのリーダーシップだの曖昧なものを期待されて、楽しむどころじゃない」

「かぁー、どうしたもんだろね、その相変わらずのマイナス思考は……あ、その子ひょっとして俺のこと知らないかな？　俺だって一応は元社員だし、全国紙にも出てたんだし、社内的にはかなりの有名人だし」

「おまえのは、どういうプラス思考だよ。新聞に載ってた頃って、九年も前だろう。新卒の子なんか中学生、短大卒ならまだ小学生だ。知ってるわけがない」

辻本としては、おまえの栄光の時はもう終わったのだと突き付けたつもりだったが、雄太郎は「ひー、マジかよ！」と更にはしゃいだ。

雄太郎が騒げば騒ぐほど、辻本の再会を楽しむ気分は萎《な》えていった。「お〜」と迎え入れ、近況報告を笑い飛ばし、女の子の話で盛り上げようとする。久々に顔を合わせた男同士としては普通の言動に見えるそれらが、辻本にはことごとく不自然に思われた。

窓際の畳の上に、洗いっ放しで畳んでいない衣類が山になっていた。山は主に下着とタオルとトレーニングウェアで出来ていた。かつてスーツが吊るされていた鴨居のハンガーには、カーキ色の作業着が掛かっている。それらから雄太郎の今の暮らしは推察出来たが、辻本は敢えて訊ねた。

「おまえの方は、あれから何をやってたんだ？」

その簡単な問いは、何よりも雄太郎を大人しくさせるのに有効だった。彼は騒ぐのを止《や》め、「ん？　う〜ん……」と一頻《ひとしき》り唸った。

社会人になってから、雄太郎の評価は天才から将来有望程度に落ちた。オーバーワークによる、度重なる腿《もも》と膝の怪我が原因だった。

雄太郎は、焦れば焦るほど練習した。悪いことに当時のトラック競技の練習は、まだ筋力強化に偏向する傾向が残っていた。怪我は更に悪化して癖になった。

陸上界の期待の星などと持ち上げられたこともあって、入社後なかなか目立った成績が残せない雄太郎に、周りの風当たりは強かった。オリンピックや世界陸上の強化指定選手にはなったが、代表入りは逃した。だが本人は「リフティングしながらの四百だったら、多分オリンピックでも金メダル獲れるけどな」などと軽口を叩いて笑っていた。

そんな発言に部員の多くは顔をしかめていた。そういう部分こそ雄太郎が天才と言われる所以《ゆえん》であり、人間的な魅力だと思っていたのは辻本だけだった。

百貨店を退社後、雄太郎にはすぐに大手食品メーカーの有名陸上部から声が掛かった。だが、僅《わず》かひとシーズンで退部。その後二つの会社を渡り歩いたが、地元の小さな競技会にしか出場していない。

そこまで説明すると、雄太郎は暫く黙った。俯き、もう空になった二本目のビールの缶をペコペコ鳴らした。

食品会社もその後の二社も、退部の原因は本人の言によれば「天才肌が災いになって」だった。百貨店時代も監督や会社側との不仲は有名だったから、辻本にもおおよそ察しが付いた。それはつまり、辻本が雄太郎の魅力だと思っていた部分が、社会的にはただの鬱陶しい自信過剰に過ぎなかったということだ。

「それで、今は何をやって喰ってるんだ？」

雄太郎はすぐには答えず、立ち上がって窓を開けた。

「梅雨はとっくに明けた筈だよな。やけに蒸すなぁ」

最後の会社を辞めた後も、雄太郎は自分で移籍先を探していた。だがさすがに三十を迎えた去年からは、そんな悠長なこともやっていられなくなりバイトで喰い繋ぐようになっている。今は主に、工事現場を渡り歩いていた。

「まぁ、何とかやってるよ」

「携帯も止められてる状況ってのは、何とかやっていけてる内に入らないんじゃないのか？」

「あちゃあ、バレてら」

「ふざけるな」

雄太郎は口元に浮かべていた笑みを消して俯いた。足の裏を合わせた股関節をストレッチするような格好で、座椅子の上で身体を揺らした。

「ホント、大丈夫なのか？」

強く言うと、雄太郎は少し考えてから指でバッテンを作った。

「金、借りようと思ったんだろう？」

雄太郎は、上目遣いで辻本を見つめ、唇を尖《とが》らせた。そして少し考えてから、今度はマルを作ってみせた。

辻本も、雄太郎ほどではなかったが有能なランナーだった。陸上部の解散が決まった時、監督やコーチは天才肌の雄太郎よりむしろ努力家の辻本の方を熱心に他企業の陸上部へ売り込んだ。そして数社が手を挙げた。いずれも伝統的に強い陸上競技部を持つ企業だった。

二人の差は、競技者としての資質よりも指導者としての将来性だった。

陸上競技に限らず、実業団スポーツに携わった者なら二十代後半に差し掛かれば引退後の身の振り方を考える。野球やサッカーなら、競技人口が多い分その門戸は広いが、陸上競技では実業団や大学で指導者に就く口はそれほど多くはない。つまり二十八歳だった辻本にとって複数の企業から声が掛かるということは、一生陸上競技に関わって生きていけるかもしれない、美味しい話だった。

自分よりも実績が少ない辻本に対して多くの企業から声が掛かることを、雄太郎は快く思っていなかった。辻本がそれら全部を断って会社に残ったことは、もっと彼を不快にさせた筈だった。雄太郎の正直な気持ちを辻本は聞いていない。だが廃部が決まって以降三年間、連絡を取り合っていないという事実だけで充分だった。

だから今日、雄太郎が歓待すればするほど、昔と変わらぬお調子者の態度で喋れば喋るほど、辻本にはそれが不自然な態度に見えていた。

「俺なんかに頼りたくなかった筈だ。俺の携帯の番号だって、消去してたんだろう？　だからわざわざ会社に電話してきたんだ。それなのに俺以外、思い浮かばなかった。そうだろう？」

辻本はとてつもないやるせなさに苛まれながら、ボロアパートの六畳一間で背中を丸め、空き缶をペコペコ鳴らし、その日暮らしを続ける三十一歳の元天才ランナーを見つめた。

「哀れな奴だ」

吐き捨てるように言うと、雄太郎は俯いたまま「うん」と呟いた。

「惨《みじ》めだ」

表情は窺えないが、微かに見える唇が小さく「あぁ」と動いた。

「様《ざま》はない」

「…………」

雄太郎の声のトーンはどんどん落ちていき、遂には聞き取れないほどの小声になった。辻本は、なじるほどにすっきりするどころか益々腹立たしさが募った。

「取り敢えず、幾らあればいいんだ」

「……十万あると、助かる」

「給料日まで待てるか。あと三日だ」

「あぁ……悪いな」

その金を何に使うのか、辻本には聞く権利があるし本来ならば聞いておくべきなのだと分かっていた。だが、別にどうでもいいと思った。単純に喰うのに困っていようが、家賃を滞納していようが、ギャンブルで借金を作っていようが、理由など聞きたくもなかった。

何を聞いても罵倒するような言葉しか出て来ないだろうし、そうするといつか、言いたくない言葉も口にしなければならないかもしれない。

『おまえは、退き際を誤ったんだ』

辻本は、喉元まで出掛かった言葉を呑み込んだ。いくら罵っても、何故かこれだけは言ってはならないような気がした。それを口にしてしまうと、歯止めが利かなくなるような気がした。

その次に出て来るであろう、もっと口にしたくないことまで言ってしまうに違いない。

下手に天才ランナーなどという評価を自他共に持ってしまっただけに、退くに退けなくなってしまったのだ。他者の評価は「あ、違ってた」で済むだろうが、本人は引っ込みがつかない。『もっと落ち込めよ。自分の選択が誤っていたことを認めて、心の底から後悔しろよ』
そんな、残酷な気分になった。
投げ付けたかった幾つもの言葉を呑み込み、辻本は六畳間を後にした。

金は振り込むと言ったのだが、雄太郎は口座番号の代わりに駅と店の名を告げた。

辻本が暮らすマンションと同じ海沿いの町にある、小さな居酒屋だった。防波壁沿いの一本道の脇に、やや唐突な感じでその赤提灯は灯っていた。

縄暖簾をくぐると、カウンターの中の中年男性は「いらっしゃい？」と語尾を上げた。店内を見て、辻本にもその意味は分かった。先客達はこの界隈で働く労働者らしく、全員が作業着姿だった。スーツ姿の客が珍しいのだ。

約束の時間通りだったが、雄太郎はまだ来ていなかった。辻本は仕方なく、カウンターの隅に座り生ビールを注文した。

花札か何かをやっていた奥のテーブル席から「どーん！」という大声が響いた。大きな手が出た時の叫び声のようだった。両腕に盛大に刺青を入れた若者が、大声で笑いながら金を集めた。公然と賭場が開かれている。カウンターでは五人の親爺が、クビになった仲間と糖尿病対策と野球に関する話をしていた。

辻本がそんな店内の様子を特に感慨もなく眺めていると、カウンターの一人、病的に痩せた親爺が話し掛けてきた。

「おぃ、背広《せぶろ》」

「あ、はい」

「見ねづらだぬ」

親爺はそう言うと、指を二本立ててニュッと突き出した。辻本は〃ロンドンパンクみたいな挑発の仕方だな〃と感心したが、違った。

「ヤニぐれ」

「あ、俺、吸わないんで」

「ぬぁにぃ、ひっごろげすど！」

具体的にどうされるのか若干興味があったが、取り敢えずひっごろげされたくなかったので「すみません」と詫びると、カウンターの中の男性が「ノラさん、絡まないの」と間に入ってくれた。店主らしきその男性の物腰はやけに中性的だった。

親爺はドレッドヘアの若者が差し出した煙草の箱を受け取り「ハッガがい。インぼテンづさなっど」と文句を言いつつも、三本抜いて一本をくわえ、二本を両耳の上に挟んだ。

辻本は、雄太郎も彼らの仕事仲間なのだろうかと不安になった。

雄太郎と三年振りに再会した日から、三日が経っていた。辻本は少しばかり、罵倒し過ぎたと反省していた。今の暮らし振りを詳しく聞かなかったことも後悔していた。今日は、顔を合わせたら最初にまず「この間はあんなに怒って悪かった」と雄太郎に詫びるつもりだった。

「お〜、コージー。悪いな！」

店に飛び込んで来るなり、雄太郎は辻本を後ろからハグした。猛烈に汗臭かった。カウンターもテーブル席も「お〜、お疲れ」と一斉に声を上げて雄太郎を迎え、ノラさんは「なんだぁ、背広。ユタのづれがぁ」と笑い、辻本は雄太郎に詫びるのをやめた。

「みんな職場の仲間なのか？」

「あぁ、まぁそんなとこだ」

雄太郎は今、倉庫街で解体工事の仕事に就いていた。本格的な作業はプロの解体業者が行なうが、足場の組み立てや防塵シートの敷設、内外装の撤去や産業廃棄物の分別など、重機導入前後の繁雑な作業を一手に請け負う仕事だった。産廃問題がクローズアップされるようになって、解体業者はどこも以前の数倍の手間と時間を要するようになっている。そこで重宝されるのが、雄太郎のようなどこの組にも所属しないフリーの労働者とのことだった。

「市の構想だと、数年後にこの辺り一帯を買い取って海浜公園にするんだと」

雄太郎が明るく言うと、店主がカウンターの中からチラリと睨んだ。辻本のすぐ横の壁には、巨大な貨物船の前でポーズをとる屈強な男達の写真が何枚か飾られていた。かつての常連達だろう。古くからこの町で商売をする店主にとっては、雄太郎が笑いながら喋っている内容は、相当に面白くない話題のようだった。

「つまり、終わってんだな、この町は」

辻本も会社でよく聞いている話だった。この町では最近、撤退する海運業者や貿易会社が後を絶たず、方々で解体工事が行なわれている。解雇や転勤で数千人規模の人口が市を離れることとなり、経済的なダメージは計り知れない。もちろん、百貨店にとっても大打撃だ。

「スぐラッぶ・アンだー・ぶルドですらねぇづのは、もう終わっでんでねが」

「高度経済成長期に発展した町だからな、役割はもう終わったんだろうぜ」

「それで、市民の皆様が水と緑に触れ合う前に、俺らがアスベストと触れ合うわけだ」

雄太郎の言葉はカウンターの他の作業員に飛び火して、方々でこの町の終末に関する話が展開された。

「どうでもいいけど、ショボいねぇ。そんな話、俺らにゃ関係ねぇだろう」

テーブル席にもその話は聞こえていたようで、ドレッドが言った。ちっとも勝てなくて、苛ついているようだった。

「そうそう、関係ない関係ない」

ガチャピンに似た金髪の青年も、札を配りながら相槌を打つ。

「〝スぐラッぶ・アンだー・ぶルド〟って何だよ」

「沖縄料理じゃね？」

「あはは、ちょっと美味そうじゃん」

カウンターの年輩者達は「うるせぇ」と言いながらも、彼らに〝関係ないどころか〟と説明してやるつもりはないようだった。

「もう、長いのか？」

辻本は声のトーンを落とし、訊ねた。言いたいことが色々あったが、雄太郎以外には聞かれたくない内容ばかりだった。

「一年くらいかな」

「いつまで続ける気だ」

「そうだなぁ。業者の話じゃ、最低でもあと二年は大きな解体工事が続くらしいからなぁ。その間は喰《く》いっ逸《ぱぐ》れない」

「その後はどうする」

「え？　その後？」

辻本はカウンターに覆いかぶさるように前傾して、更に小声で言った。

「この町が本当に終わってしまったら、そしたら一番最初にしわ寄せが来るのは……悪いけど、ここにいるような人達だぞ」

「さすがコージー。鋭い」

「鋭くない、そんなもの。少しくらい先のことを考えろよ。ビジョンてものを持て」

雄太郎は顔を伏せたまま目だけ辻本に向け、笑った。

「えへへ、やっぱコージーは計算高いや。昔っからそうだ」

「おい」

思わず、辻本は唸った。

「先のことを考えて行動するのは、悪いことなのかよ」

囁くように喋っていたことも忘れて発した声は、自分でもハッとするほど怒気が籠っていた。

「何をそんなに怒ってんだよ、誰も悪いなんて言ってねぇだろう。何だよ、この間といい今日といい、おまえどっか変だぞ」

「どっちが……」

声が上ずっていた。自分で吐いた言葉なのに、内耳を通じて届くその声には、砂を食《は》んだような違和感があった。

今日は怒らないつもりでいたことを思い出し、辻本はその後に続く〝おまえみたいに周りに心配ばっか掛けながら好きなように生きてる人間を見てると反吐《へど》が出るんだ〟を呑み込んだ。

少し強い酒が必要だった。店主に焼酎をロックで頼みながら、辻本はさり気なく封筒で雄太郎の膝を叩いた。

雄太郎は片手で拝む格好をして、頭を深々と下げた。彼が封筒の中身を確認している間、辻本は頬杖をついてそっぽを向いた。

カウンターの年輩者達は話題を変えていた。だがこれまた輪を掛けて景気の悪い話だった。

「五十五で高齢を理由に解雇されたらかなんなぁ。儂《わし》、五十三やで」

「まぁ、歳の問題だけでねのさ」

「年金を貰える歳まで、どうやって暮らしていけって言うんだい」

「大貫のおっさん、ガキがまだ中学生くらいだったなぁ……」

さっきも話していた、最近クビになった仲間の話らしい。

嫁さんにも子供にも見放されてホームレスになる者など珍しくもないが、挙げ句に行き倒れて病院に担ぎ込まれ、誰にも看取《みと》られずに無縁仏になったんじゃ堪《たま》らない。そうなる前に、罪を犯したとしても致し方ないじゃないか。殺人までいかなければ。いや、強盗殺人だって相手によっては許される。死んだ方がマシな連中は幾らでも……。

「どーん！」

刺青がまた大きな手で上がった。

「だからそういう気が滅入る話はやめろって。明日への活力、湧かねーっつーの！」

ドレッドの怒りがまたカウンターに向けられた。それを合図に、賭場が精算するために一旦ゲームを止めた。一人勝ちしている刺青が、酒と摘みを皆に振る舞った。大勝ちした者は、賭場に参加した皆に奢ることになっているらしい。

「けど確かに、五十五で突然首を切られたら厳しいよな。ウチの親父は大丈夫かな」

ガチャピンが、ウーロンハイを呑みながら呟いた。

「年金て、何歳から貰えるんだっけ？」

札を玩びながら、誰にとはなく刺青が訊ねる。

「俺らが五十を過ぎた頃って、世の中的にはどうなってんだろな」

ドレッドが、誰にも答えられない疑問を追加した。

「おいおい、その前に俺ら国民年金なんか納めてねーって。あははは！」

刺青が笑い、ドレッドとガチャピンも噴き出した。溜め息ばかり吐いていた年輩者達も「笑ってる場合じゃなかろうが」と言いつつ苦笑した。

「おい、坊主」

唯一笑っていなかった鼻の赤いスキンヘッドの男が、刺青に言った。彼も負けが込んでいるのか、かなり苛立っている。

「おまえ、随分勝っとるし、セコいこと言わんと大貫のおっさんを偲《しの》んでみんなにも奢ったれや。ノラさんやユタ、そいからあのネクタイの兄ちゃんにも」

「は？　意味分かんね」

「おい、大貫のおっさん、歳ぃ幾つゆうた？」

ノラさんが顔も向けずに「五十五だなす」と答えた。

「したらキクちゃん、焼きとん五十五本、焼いたって」

方々で湧き上がった笑い声が、刺青の「どこの風習だよ！」をかき消し、店主が「あら、いいの？」とオネエ言葉で言いながら冷蔵庫から大量の串を取り出した。

ドレッドが笑いながら「ごち」と片手を上げると、周りの者も同時に「ごち」と手刀を切る格好をして見せた。ガチャピンも「てか死んでねぇし、大貫さん」とゲラゲラ笑った。

辻本は、そんな馬鹿騒ぎを眺めながら、黙って焼酎を呑んでいた。

『終わってる……か』

肴は茄子の揚げ浸しと焼きとんだけだったが、何人かが言ったその言葉が小骨のように胸の奥に引っ掛かっていた。

雄太郎はブツブツ呟きながら、電波を止められている携帯電話の電卓機能で何やら計算をしていた。そして携帯をパタンと閉じると、辻本に訊ねた。

「金の使い道、訊かないのか？」

「興味ねぇな」

辻本は冷たく言ったつもりだったが、雄太郎はフッと笑った。辻本は頬杖から顔を上げ、ゆっくりと雄太郎に向き直った。そして雄太郎は、それを待っていたように、意外な言葉を口にした。

「俺、辞め時を間違ったみたいでさ」

この間、辻本の方が言ってやろうとして呑み込んだ台詞だった。

これまでと違う、沈んだ声だった。口調だけでなく、カウンターに伏せた目もこれまでとは違ってどこか暗く、そのくせ深い色をしていた。

「だから、この秋、また走る」

辻本には一瞬、言葉の意味が理解出来なかった。それを分かっているかのように、雄太郎はすぐに補足した。

「なんせ無所属だし、陸競連にも加盟してない。だから、市が主催するオープン参加の小さな競技会だ。まぁ運動会に毛が生えたようなもんだな」

「そんなものに出て、どうするんだ？」

「別に、どうもしないさ。ただ走るだけだ」

「おまえ、何を今更……」

「ホント、今更だよな。けど、そういうことじゃないんだ」

「元高校球児が草野球をするようなもんか？　けど、十万円て何だよ。参加費はそんなにかからないだろう」

雄太郎は、十万円がジムの入会料と一ヵ月分の月謝、ウェアやシューズ、そして競技会への参加料だと説明して、更に付け加えた。

「趣味で走るっていうのとは、ちょっと違う。走ることそのものより、レースの準備をしたり、トレーニングしたり、スタート直前にドキドキしたり、そういうのが好きなんだ」

笑みは消え、一語一語言葉を選ぶような喋り方だった。

「例えば、そうだな……駅のホームで靴の紐を結んでた時、急に景色がぼやけて見えた。緩やかにカーブしたレールが焼けた空気の向こうで揺れてて、暑い日のトラックに見えた。悪ガキどもが夜中に花火をしてて、〝パン！〟ていう音を聞いた途端、全身にゾわゾわって鳥肌が立ったこともある。仕事で足場の高い場所なんかにいるとドキドキするだろ？　そういう時に歓声が聞こえたこともあった」

雄太郎はがっくりと項垂れた。まるで、犯罪者が自分でもおかしいことが分かっている動機を吐露しているような格好だった。

辻本は言葉を失って、雄太郎の話に聞き入っていた。雄太郎は、自分で言っている事がどれほど辻本に通じているか自信がないようで、そこで一旦言葉を切って焼酎に口を付けた。辻本は、喉の渇きを覚えながら続きを待った。

「で、思ったんだ。〝これって幻肢痛の逆みたいなもんかな〟って」

「ゲンシツウの、逆？」

「あぁ。幻肢痛ってのは、身体が納得してることを脳が納得してないから起こる現象だろ？これはきっと、脳が納得してることを身体が納得してないんだなってこと」

雄太郎は「やっぱ変かな、俺」と呟いて、辻本の返事を待った。口元には、自嘲するような笑みが戻っていた。

「三十過ぎて十万ぽっちの金に困ってるような人間が、偉そうに説教垂れてんじゃねぇよ」

暫しの沈黙の後、辻本は吐き捨てるように言った。雄太郎は「説教？」と問い直した。

「別に、おまえに説教はしてないだろう」

「うるさい。いっぱしの大人が、いつまでモラトリアムやってんだよ。何も出来ないくせに、御託を並べるな。第一、おまえは……」

言い掛けて、辻本は口を噤《つぐ》んだ。決して言うまいと思っていた言葉が、つい勢いで零《こぼ》れ掛けた。

雄太郎の方でも半ば覚悟はしていたのだろう。敏感に感じ取って、「第一、なんだよ」と訊ねた。

雄太郎は六年前に結婚し、娘も一人いる。交際期間中は、辻本もカミさんと何度も会っている。黙っていても元ヤン臭がする子だったが、それだけに陸上馬鹿の雄太郎とはお似合いのカップルだと思っていた。

あのボロアパートで乳飲み子を抱えて暮らしていても、愚痴一つ言わず、それどころか僅かな収入しかない雄太郎のために、産後間もない頃からパートと内職をして家計を助けていた。だが、百貨店を辞めて以降も陸上競技に固執する雄太郎は、遂に愛想を尽かされた。カミさんは三行半《みくだりはん》を突き付け、娘を連れて実家に帰ってしまった。

自分一人の問題ならいい。納得がいくまで、とことんやればいい。しかし、幼い娘を抱えたカミさんにリアルな生活の部分は頼りきりで、挙げ句に実家に帰られることは、友人や仕事仲間に心配や迷惑を掛けることとは次元が違う。

二人は正式に離婚しているわけではない。だが、夫婦生活は破綻している。少なくとも雄太郎の方では、そう思っている。

「洋子ちゃんは、どうしてる。美香ちゃんも大きくなっただろう。連絡くらい取ってるのか」

辻本のその問いに、雄太郎は「へっ」という冷笑で答えた。

「これで最後なんだろうな。それが終われば、迎えに行くんだろうな」

追い討ちを掛けるように、辻本は質問の矛先を変えた。

それに対しても、雄太郎は「ふん」と鼻を鳴らしただけだった。だが、暫しの沈黙の後、雄太郎は辻本に上体を向けて言った。

「おまえはどうなんだよ。人のことあれこれ言ってくれるけどよ、ホントのところ燻《くすぶ》ってんだろうが」

辻本は目を背け、「うるせぇ」と吐き捨てた。

店内は、相変わらず騒々しかった。笑いと怒声と嬌声が、焼きとん五十五本を焼く大量の煙に包まれていた。辻本と雄太郎の二人だけは黙り込み、生きたまま薫製にされるのを耐えているようだった。

「どいつもこいつも、どうってことないことで悩んでんのねぇ」

辻本と雄太郎の前にもおこぼれの焼きとんを置きながら、店主が呟いた。

「ね？」

同意を求めるようにウィンクまでされた。

辻本達の会話が耳に届いていたのか、それとも常連客の仕事絡みの会話のことか、どちらとも取れる言葉とウィンクだった。


その日の帰り道、辻本は雄太郎の言葉を思い返しながら、防波壁沿いをいつもより遅い速度で歩いた。

カイトはいつも通り、防波壁の上に腰掛けていた。ただ、いつもは海を見つめているのに、その日は海に背を向けて歩道を向いていた。そして、彼の方から辻本に手を振ってきた。逆光で表情までは分からなかったが、手招きしているのは辻本にもはっきり見えた。

あの日以来、辻本はカイトを見ると必ず声を掛けるようになっていた。立ち止まって話をすることはなかったが、歩道から「よぉ」と呼び掛けた。最初はチラリと振り返るだけだったカイトも、毎日繰り返すうちに軽く手を上げる程度のリアクションはしてくれるようになった。

だがその日は、カイトの方から手招きをした。ほんの思い付きではなく、辻本を待っていたようだった。

「ちょっと訊きたいんですけど……」

呼びつけておきながら、カイトはそれだけ言うと口を噤んでしまった。

「なんだよ」

何度かそう訊ねたが、俯いたきり喋ろうとしない。何を話したかったのか、彼自身も整理が出来ていないふうだった。

「あ、分かったぞ。おまえ、学校で苛《いじ》められてんだろ、その天然パーマをからかわれて……違う？　じゃあアレだ、好きな子でも出来たか？　どう告ったらいいか分かんなくて……え？　違うのか。ん～と、毛が生えたのか？　修学旅行の時、剃った方がいいかどうか悩んでて……え？　あはは、全然違うってか。え～と、じゃあ……」

辻本はふざけてそんなふうに喋りまくったが、カイトはただただ首を横に振るばかりだった。その様子から、これは少しばかり深刻な事態なのかもしれないと察し、辻本もおちょくるのをやめた。

「焼きとん、喰う？」

とはいえ、小学生と話す機会などない辻本には、おちょくる以外にどう接すればいいのかなど分かる筈もなく、喰い切れずお持ち帰りにして貰った焼きとん四本を差し出した。

「冷めてるけどな、不味《まず》くはない」

カイトは細い指で串を持ち、交互に刺されたハラミとタマネギを不思議そうに見つめていた。

それから辻本が喰っているのを横目で観察して、恐る恐る先端にかぶり付いた。

二人で黙って海を眺めながら、二本ずつ平らげた。

「おじさん……」

ハラミの脂が効いたのか、やっとカイトが口を開いた。

「おぉ、やっと喋ったな。なんだなんだ？」

「よく、酔っ払ってるじゃないですか」

「あ？　あぁ」

「なんでそんなに毎日、楽しそうにしてられるんですか？」

「はぁ？」

「生きてくのって、そんなに楽しいですか？」

「……いや、まぁ、色々あるけど……」

「それとも、酔ってないとやってられないんですか？」

「いや、別にそういうわけでも……」

「世の中って、そんなに甘くないんでしょ？」

小さく溜め息を吐いて、カイトは海に向き直った。それは、初めから答えなど期待していないという素振りだった。

それからカイトは、毎日ここで海を眺めている理由をポツリポツリと説明した。

彼は学校が終わると毎日、この近くの塾へ通っていた。その塾は全国的に有名な進学塾で、一時間くらいかけて通う子も珍しくない。その分、月謝も凄く高い。

けれどカイトは、来月からその塾へ通うことが出来なくなった。父親が病気を患い、経済的な余裕がなくなってしまったため、高額な月謝を払っていけなくなったからだ。

塾へは今月一杯は通えるのだが、カイトはサボって毎日ここで海を眺めているのだという。

父親は勤め先を解雇されることはなかったが異動を命じられ、近々、遠い町へ引っ越さなければならないとも言った。

辻本は肩透かしを喰らったような気分だった。苛めでも初恋でも下の毛でもなければ、今日《きょう》日《び》の子供が抱える悩みは両親の離婚か虐待あたりだろうと薄々感じており、しかしそんなことを打ち明けられてもなぁと思っていたものだから、何だか気が抜けてしまった。

病気の程度が気にならないでもなかったが、勤めを続けられる程度ならそれほど悪くもないのだろう。きっかけが病気なら同情すべき点はあるが、左遷されて給料が下がるなどということは掃いて捨てるほどある話だ。

『〝塾をやめちゃったんです〟だってよ。何だい、そりゃ?』

そんな感じを悟られぬよう「家で勉強するとか、遊びに行くとかすればいいだろ」と言うと、

「もう勉強なんかしたって、意味ないです」

それまでと違う、強い調子でカイトは言った。

「なんでだよ」

「父さんのせいで、私立の中学には行けないから」

「だったら遊べよ」

「遊ぶったって、何をやったらいいのか分からないですよ」

「分からないってことはないだろ」

「だって……」

カイトは俯いて、暫く何か考えた。そして俯いたまま「僕、その塾に三年も通ったんですよ。その間、遊ぶことなんか考えちゃ駄目だって言われ続けて」と呻くように言った。絞《しぼ》り出すような声だった。

「バッカだなぁ。三年なんか、どうってことないだろう」

辻本が笑って言うと、今度は間髪容《い》れずに「おじさん、何歳ですか?」と訊ねた。

「三十……一」

「十分の一なら、たいした年月じゃないでしょうね」

「は?」

「僕は十一だから、四分の一以上です」

「………」

「人生の四分の一が無駄になったんですよ」

「人生って……勉強したことが全部無駄になるわけじゃないだろ」

「無駄ですよ。公立中学に行くんだから。そうすると、どうせレベルの低い高校しか行けないし、大学なんか行けるかどうかも怪しくなったし。そもそも、お金がないから塾へは行かなくていいとか、何か変でしょう？　とにかく、もう終わったんです……それもこれも、全部父さんのせい……」

「その〝父さんのせい〟っての、やめろ」

　辻本は、堪らなくなってカイトの言葉を遮った。

　カイトは、驚いた顔で辻本を見た。薄れゆく夕陽のオレンジ色と背後を走り抜ける車のハロゲンライトがどういう具合に作用しているのか、辻本にはカイトの目が深い緑色に見えた。

「父さんだって好きで病気になったわけじゃないだろう。それに、誰それのせいってのは、誰それのためにやってたことが駄目になった時に言うもんだ」

　カイトは何も言い返さなかった。膝を抱えたまま、続きを待っているような目で辻本を見ていた。

「勉強ばかりしてたのは、父さんや母さんのためじゃないだろう。そりゃ、きっかけを与えたのは父さんと母さんかもしれない。けど、それを続けたのはおまえ自身の意志だ。だから、今おまえが何をしていいか分からなくなってるのは、おまえ自身のせいだ。何をするにしても、どの道を選ぶにしても、それはおまえの判断なんだ」

　カイトは、膝を抱えて身体を揺すっていた。自分でも分かっているようだった。

　それはつまり、さっきの言葉が家でも学校でも言いたいのを我慢していた台詞だったということだろう。胸の内で何度も繰り返していて、けれどもいざ口にしてみて、それがどれほど的外れで、そのくせ毒を含んだ言葉なのか、まったくの他人に向かって言ってみることで気付いたのだろう。

「身体が納得しないなら、走ればいい。なんのためでもなく、誰のせいでもなく、ただ走ればいいんだ」

最後に付け足した言葉がカイトには関係ないことだと気付き、辻本は慌てて「あ、悪ぃ」と謝った。カイトは少し戸惑っていたが、すぐに「いえ、分かりますよ。なんとなくだけど」と言った。

「僕、もう帰ります。どうもごちそうさま」

カイトは防波壁から下りると、軽く手を上げた。

「なぁ！」

駆け出そうとするカイトの背中に向かって、辻本が呼びかけた。殆ど叫んでいた。

「また、話し掛けていいか？」

カイトは少し驚いたような顔で辻本を見て、それから唇を歪めた。何とも不器用な笑い方だった。

「いいですよ。じゃ、アドレス教えて下さい」

防波壁の上と下で赤外線のやり取りをし、カイトは「またご馳走して下さいね」と言って防風林の中へ駆けて行った。

その後も、カイトは毎日そこで海を眺めていた。辻本も何となく付き合うようになった。辻本の帰りが遅くなる日や雨の日などは、カイトから『今日はもう帰ります』とメールを送ってきた。それほど、二人で並んで夕陽が沈むのを眺めることは毎夜の恒例になってしまった。

代わり映えのしない夕暮れの海を眺めながら、二人は色々な話をした。辻本は自分の子供時代を思い出しながら、女の口説き方とか、万引きの仕方とか、喧嘩のやり方など、カイトには早過ぎるか必要ないか役に立たないことばかり教えた。それでもカイトは冷静にそれらの話を聞いていた。カイトの方が気を遣っていて、つまり彼の方が辻本よりずっと大人だった。

カイトは笑わない子供だった。辻本が何を言っても、冷静な返答しかしなかった。塾の時間を使って何をして遊べばいいかという話の時もそうだった。辻本が提案した野球やサッカーやゲームなども、カイトの「一人じゃ楽しくない」の一言で玉砕した。

「ん〜、確かにそうだな。てかさ、お前そもそも友達いないだろ」

そう訊ねてカイトが口を噤んだ時は、辻本もかなり反省した。

「やりたいこととか、行きたいとことか、ないか？」

そう取り繕うように言っても、カイトは俯いて首を振るだけだった。

右手に、シートを被《かぶ》った解体中の建物が見えていた。ちょうど夕陽を背負っている。上層階は既に壁を崩し終わっていて、鉄骨だけになっている。シートを透かしたオレンジ色が、そこだけ金色に輝いて見えた。

「見ろよ」

辻本が右の方を指差して言うと、カイトは顔を上げて眩しそうに目を細め、その建物を見つめた。

それは、雄太郎が解体している建物だった。

「金色だろう」

「そうだね」

辻本は少しばかり驚いた。てっきり「だから？」とか言われると思っていた。

カイトは初めて見る色みたいに、じっと見つめていた。

「動物園、行きたいかな」

そして、唐突に言った。〝かな〟ってのが口癖だな、と思わないでもなかったが、辻本は
「そうか」と呟いた。なんだか、嬉しかった。

「動物、好きなのか？」

「て言うか、父さんが昔よく連れてってくれたから」

「そうか。動物園なんてケチなこと言わずに、アフリカでも行け」

「うん、そうだね」

横顔が笑っていた。メガネが光っていて、辻本には彼がどんな目の色をしているのか分からなかったが、頬の産毛は金色に輝いていた。

更に数日が経ち、季節は本格的な夏に入った。

辻本は柄にもなく、カイトを動物園に連れてってやろうかなどと考えた。出来ることならア

フリカに連れて行き、本物のライオンやゾウを見せてやりたい、などということすら思った。同時に、雄太郎が競技会出場に向けてどんな準備を行なっているのか、酷く気になった。地力があるから、短期間の集中トレーニングで身体はすぐに昔の感覚を取り戻すかもしれない。しかし厄介なのは、肉体労働で付いているであろうスプリンターには無駄な筋肉を落とす事だ。ジムでの筋トレがオーバーワークにならないよう、アドバイスに行ってやろうかとも思った。

しかし、どちらも実行には移さなかった。

アフリカどころかサファリパークだって怪しい。この町から一番近い動物園ですら、連れて行ったところで何一つ解決はしない。そもそも、カイトは動物園に行きたいわけではない。勉強勉強と強要される前の最後の家族の思い出が、たまたま動物園だっただけのことだ。本人から聞いたわけではないが、そうに違いない。つまり、辻本が連れて行ったところで、あの金色の笑顔は見られない。

また雄太郎の方も、辻本がコーチを申し入れたところで邪魔なだけだろう。純粋に自分のためだけに行なっている行為に他人が介入出来ないことは、辻本も実体験として知っている。自分の妙な性癖に対して他人からあれこれ指図されるようなもので、拒絶するだろう。

何も行動を起こさないまま、年下の上司に嫌味を言われたり、敬語の使えない女子社員にからかわれたりしながら、辻本は無為に日々をやり過ごした。

あの幻聴と幻視、幻嗅……という言葉があればだが……は、雄太郎から競技会へ出場する決意を聞き、カイトと焼きとんを食べた日から、益々頻繁に現われていた。雄太郎の話からその原因は分かり掛けていたので、以前のような不安は感じなかった。だがその代わり、原因が分かり掛けていながらそれに対処しようとしない自らに対する苛立たしさで、押し潰されそうな気分に見舞われた。

そんな気分を噛み締めながら更に数日が経ったある日、辻本は二度と訪れないつもりでいた赤提灯を再び訪ねた。

雄太郎にトレーニングの経過を訊きたかった。

店には誰もいなかった。縄暖簾をくぐると、店主はやはり「いらっしゃい？」と語尾を上げた。

暫く一人で呑んでいたが、いつまで経っても雄太郎は来なかった。

生ビールを二杯呑み三杯目に焼酎を頼んだ時、店主が見兼ねて「あのぉ」と言った。

「あの方達なら、たぶん今日は来ないわ」

詳しい事は分からないと前置きして、店主は昨日も騒々しく呑んでいた雄太郎達の話の内容を教えてくれた。

あの建物は昨日ですべての解体を終え、今日は地元の土木屋や解体業者の主催で打ち上げが執り行なわれるということだった。

「お店までは聞いてないけど、みんな〝久々のただ酒だ〟とか言って騒いでたわよ」

辻本は「そうですか」と答え、手にしていた携帯電話を閉じた。雄太郎の携帯はまだ『お客さまのご都合により』繋がらなかった。

「十万も貸したんだから、ただ酒呑んではしゃいでんじゃねぇよ」

そう独り言を呟くと、自然と口元が綻《ほころ》んでしまった。

携帯が繋がらず店が分からないのであれば、闇雲に探してもしょうがない。辻本は一人で呑むことにした。店主にも一杯奢り、この町の景気が良かった頃の話などを聞いた。壁に貼られた写真の中に、昭和末期の店主も荷役達と一緒に写っていた。現状の店主を百五十万円くらいかけて増毛と皺伸ばししたような男性が、色褪せた写真の中で笑っていた。今よりも少しばかり男っぽい。そのことが、この二十数年で彼のような人種を取り巻く環境が、随分と変わったことを暗に物語っている。

店主は妙に艶っぽい手付きでグラスを口元に運びながら、先日疑問を持ったという辻本と雄太郎との関係などを訊ねてきた。別に隠す必要もないと判断して、辻本は説明した。

「そうですか、実業団で陸上を。そういえば、いい身体をしてらっしゃいますもんね」

店主はそんなお世辞を言い、焼酎を二杯と薩摩揚げを奢ってくれた。

辻本は久々に一度も怒らずに酒を呑んでいる自分に気付いた。そして、雄太郎に対して憤ったり声を荒らげたりしていたことが、すべて自分自身への焦りの裏返しだったのだと気付いた。少しだけ悲しい気分で、辻本はいつまでも店主の昔話に耳を傾けていた。

「退き際を誤ったのは、俺の方なんですよね……」

時々、店主の話には関係ない、そんな言葉を呟いた。店主にはわけが分からない筈だが、それでも彼は「そうですか」と柔らかく笑ってくれた。

ポケットの中で携帯電話が三度震えたが、気付かなかった。

その日の帰り道、カイトがいつも座っている場所まで来た時、辻本はやっと気付いた。今日が、カイトの引っ越す日だということに。

もうすっかり陽は暮れていて、いつもの場所にカイトはいなかった。

「なんだよ、いろよな」

呟いて、いつもの擁壁の上に腰掛けて真っ暗な海を眺めた。

辻本はいつも以上に酔っ払っていて、夕陽の装飾のない海はいつも以上に無機質だった。ただひたすら暗く、黒くて、そのくせ背後の国道を走る車が少ないせいで消波ブロックの〝カポン〟だけがやたらに響いており、しかも風が強くてその音は〝カポンカポンカポン〟と辻本を責め立てるみたいに立て続けで、何だかよく分からないが、辻本は遠い昔に父親や教師に叱られている時のような気分になってしまった。

「うるせぇなぁ。悪かったよ」

どこに引っ越すんだっけな。訊いておけばよかった。動物園が近くにある町かな。そうだといいな。

そんなふうに思った。

時計を見ると、十時を過ぎていた。いつもなら西日に照らされている解体工事現場の辺りは、ただの闇だった。月の明かりには、その真下にある波を白く浮かび上がらせるくらいの光量しかない。

電話、してみようかな。けど、何て言うんだ？　もし新しい家に着いてて、カイトがもう寝てたとしたら、親が出るかもしれない。そしたら俺は、何て言うんだ？

一旦は取り出してみた携帯電話をポケットに仕舞おうとした時、気が付いた。液晶画面が青く光っていた。見ると「着信アリ　2件」「新着メールアリ　1件」とあった。

辻本は驚いて着信履歴を見た。二件ともカイトからだったが、留守電の録音はない。慌ててメールを開いた。

メールもやはりカイトからだった。

『キリン』

タイトルにはそうあった。後は何のメッセージもなく、ただ添付ファイルが一つあった。

辻本は急いでクリックした。ファイルが開くまでの五秒だったか十秒だったかが、恐ろしく長く感じた。

やがて開いたファイルは、携帯の粗い画像で撮った一枚の写真だった。

今まさに、辻本が座っている位置から右の方を撮った風景だった。

昨日、解体を終えた巨大なビルがすっかり無くなって、その向こうの倉庫街が丸見えになっていた。

ちょうど、倉庫街に夕陽が沈もうとしている。夕陽に照らされて、荷卸しされたコンテナが浮かび上がっている。積み重ねられたコンテナの隙間から光が燃えるように溢れ出て、その輪郭は滲《にじ》んでいる。

その横に、巨大なガントリークレーンが三つ並んでいた。

コンテナの荷卸しに使うガントリークレーンは、作業を終えると海にせり出した部分を航行の邪魔にならぬよう上方に持ち上げる。

そのシルエットは、まるっきりキリンだった。夕陽に照らされ、地平線ではなく水平線を見つめる、三匹のキリンだった。

辻本は液晶画面から顔を上げ、倉庫街の方向を見つめた。幾ら目を凝らしてもキリンの姿は見えなかったが、ちょうど頭らしき位置で赤い航行灯が点滅しているのが見えた。三つの赤い光は、規則正しい間隔を保って点滅していた。

そうか。

みんなより早めに打ち上げから退席し、今頃は恐らくジムで汗を流している雄太郎を思った。三十歳を過ぎて十万円の金にも事欠いている、何も出来ない元天才ランナー。彼が、カイトにキリンを見せたのだ。

カイトは嬉しくて、思わず写真を撮ったのだろう。多分、あの時みたいな金色の顔で。

終わってしまったものも、時には新しい何かを見せてくれるものなのかもしれない。

今、走ったら何か見えるんだろうか……。

「んなもん、自分で確認しろ、バァカ」

雄太郎に訊ねたら、彼はきっとそう答えるだろう。

まだ酔いが残った辻本の頭の中を、様々な思いが駆け巡った。

俺、もう
オナニーだけでいいや。

「まず、板状のこんにゃくの短い方の側面に切れ込みを入れておく。深過ぎるとぶかぶかだし、浅過ぎても挿入した時に破れて横から〝こんにちは〟ってことになるから駄目らしい」

「ううむ、難しいものだな。それで？」

「それから、脱衣所で脱いでる間に、それを湯船に放り込んでおく」

「ほぅ、〝先に温まっとけ〟と」

「そうだ。そして入念に身体を清め、良き頃合いでおもむろにこんにゃくを取り出す。人肌よりも少し温かいくらいがベストらしい」

「ボディソープは？」

「さぁ、そこだ。伯父さんに言わせれば石鹸など使うのは邪道で、精神を統一してそんなものが必要ないくらいに自ら昂《たかぶ》っておかなければならんらしい」

「おぉ……精神論まで出ますか。オナニー道、略してオナ道だな」

小野田が、自分の言った言葉で「ぶはっ」と噴き出した。周りの数名も「オナ道って」と笑った。

俺、もうオナニーだけでいいや。

「あ、センズリ道で、セン道の方がそれっぽいか」

「どっちでもいいよ、馬鹿野郎」

語り部の梶原は「真面目に聞け」と注意して、身振り手振りを交えながら続きを披露し始めた。

「真面目に聞くような話かよ」

俺はそう呟いて、梶原の席からそっと離れた。

俺も初めのうちは、その法事の時に酔っ払った伯父さんから聞いたという話を笑いながら聞いていた。だが冷静に考えてみると、昼休みに焼きそばパンを喰いながら聞くような話ではない。

梶原の席の周りには六人が集まって、彼の話に聞き入っている。俺は少し離れた席からその様子を見て、「かなり減ったな」という印象を持った。

ウチは男子校だから、昼休みも放課後もこういった話題で盛り上がるのも珍しいことじゃない。入学直後にはクラスの大半の者が加わって、それをきっかけに打ち解けたりぶつかったりしながら人間関係が出来上がっていったようなものだ。映画にしたら、きっとポスターには『僕たちのそばには、いつもオナニーがあった』というキャッチコピーが入るだろう。

まぁ、それはともかく、クラスの大半はいたギャラリーは一年の年末くらいから徐々に減り始め、二年の夏休み明けの現在では俺を入れて八人になった。

俺達の話に加わらない奴らは、少数のグループに分かれてパンや弁当を食べている。同じ部活をやっている者、バンドを組んでいる者、マニアックな映画の話をする者、それぞれのグループにははっきりとした特徴がある。

四十数名が一つの部屋に押し込められて、最初はごちゃっとした一つの塊だったものが、一年半でなんとなくカテゴリー分けされたような感じだ。

体育会系と文化系、その中に野球型とかクラブ入り浸り型なんかがあって、それが更にモテ類と非モテ類に分類され、といった具合にカテゴリーは現在も日を追うごとに細かくなっている。

俺達八人は、体育会系もいれば文化系もいる、少数ながらモテ類もいるという超党派。共通しているのは、全員が童貞ということだ。

童貞か否か。これは体育会系と文化系などの類型とはまったく別次元のところにある、男子高校生にとってとても重要な線引きだ。

かつて一大精力、もとい勢力を誇っていた俺達が急激に力を失っていった経緯は、童貞喪失者が大量発生する時期とそのまま一致する。中坊が夏休み明けに髪を染めたりするような、気分的なものとは違う自分史上最大級の大変革が、「俺もうオトナだから」という過剰な自意識を目覚めさせ、昼休みのオナニートークから足を背けさせるのだ。

のだ、じゃないか。俺も想像でそうじゃないかと思っているだけだ。

「恐るべしだな、昭和のオナニー」

「だろう？　これがネットもAVもない時代から伝わる、我が国の伝統的手法である」

俺、もうオナニーだけでいいや。


梶原の微に入り細をうがつ描写が、ようやく終わった。

「で、使い終わったこんにゃくはどうするんだ？　まさか食卓に並ぶわけじゃないんだろう」

「あぁ、その伯父さんの場合は、風呂場の窓を開けて隣の家の屋根に投げてたらしい」

「え〜、マジかよ。大丈夫なのか？」

「うん。恐らくカラスかなにかが持って行ってたんだろう。問題にはならなかったそうだ。けど、ある日のこと、その隣の家が建て増しをして、こんにゃくを投げてた部分に二階が出来ちまったらしい」

「あらら」

「当時中二の伯父さんは思ったらしい。〝俺、家を妊娠させちゃった〟って」

「ぶはははは！　くっだらねえ！」

まったくだ、実に下らない。

「おい、梶原」

窓際の席で巨大な弁当を喰っていた男が、嚙み付きそうな顔で唸った。柔道部の沢村だ。

「人が飯喰ってる横で、汚ぇ話をするな」

この沢村も、以前は俺達の馬鹿話に付き合っていたのだが、夏休み明けに距離を置くようになったクチだ。梶原も小野田も、柔道部の合宿がキツ過ぎて意識改革でも起こったのだろうと言っていたが、恐らくそうではない。梶原達も分かっている筈だが、認めたくないだけだ。この体育会系柔道型非モテ類ガマガエル目が、夏の間に童貞を捨てたということを。

「せめて昼休みくらい活動を自粛してくれ、オナ研は」

クラスの心ない奴らは俺達のことをオナニー研究会、略してオナ研と呼ぶ。それに対して俺達は既にやってる連中のことを、やっかみと敗北感と苦し紛れのジョークをひっくるめて既《き》ノ字《じ》と呼ぶ。世間様から見れば、年がら年中エロ話ばかりしている俺達の方がよっぽどキノジだとは思うのだが。

「だいたい、高二にもなってオナ研は……」

「おい沢村、絡むな」

後ろの方の席に固まっていたグループから声が上がった。文化系バンド型モテ類の苅屋だ。こいつも、去年まではオナ研の会話にちょくちょく参加するスーパーサブ的存在だった。

「近藤、おまえらも悪い。少しは声を抑えろ」

突然名指しされた俺が戸惑いつつ「悪ぃ」と謝ると、苅屋はいつもの少しだるそうな笑顔で片手を上げた。

「イカ臭ぇんだよ、オナ研は」

話の腰を折られた沢村は吐き捨てるようにそう言い、教室を出て行った。

「うっせぇ、沢村。おまえの汗臭さに比べりゃマシだ」

何か言い返さなければ気が済まないのは分からないでもない。だが梶原、声が小さいぞ。

オナ研を卒業する者の壮行会を行なうという梶原の号令で、俺達はその日の放課後、行きつ俺、もうオナニーだけでいいや。


けのお好み焼き屋『くらうち』に集合した。そんな理由を付けずとも、週に三日は行っている店だ。

どこかのサッカー選手みたいな名前のこの店、お好み焼き屋と言っても駄菓子屋の片隅に小さな鉄板とカウンターがあるだけで、いつ行っても客は俺達しかいない。

「では、浅井と小野田の健闘を祈って、かんぱぁ〜い」

梶原が音頭をとって、俺達はコーラやラムネの瓶をカチンと合わせた。

浅井は、オナ研の中では珍しいチョイモテ類だ。中学生みたいな童顔で、三つも年上の女子大生と半年ほど前から付き合っている。その浅井が今週末、遂に彼女のアパートに泊まりに行くことになったのだ。

そしてもう一人、文化系ネトゲ型非モテ類の小野田は、同じく今週末、従兄弟のお兄さんにチョンの間に連れて行って貰うことになっていた。

「碌に働かずにバンドばっかやってて、親族の間では鼻摘みモンの兄ちゃんだったんだけど、鉄筋屋だか何だか工場系のところで正社員になったらしいのな。そしたら急に気前良くなっちゃって、冗談のつもりで『やりてー』っつったら連れてってくれるってさ」

オナ研は、急に上から目線になった沢村のような礼儀知らずでない限り、旅立って行く者を祝福することになっている。

「我々の結束は堅い。故に我々は君達が我々のもとから巣立って行くことを、祝福するものである」

「なんで梶原はことあるごとに演説口調になんの？」

「うっせぇ。それにしてもいいなぁ、女子大生」

「俺、チョンの間でもいいや。いいなぁ、そんな従兄弟がいて」

お好み焼きが焼けるのを待ちながら俺達はわいわいやっていたのだが、主役の一人である浅井は既にガチガチに緊張しており、しきりに週末の準備について気にしていた。

「ゴムって、用意した方がいいのかな。いざという時に当たり前みたいに取り出すと〝その気だったんだ〟って思われないかな」

「思われるもなにも、実際その気なんだからいいじゃん」

「でも、それで引かれたらアウトじゃん。でもなぁ、無かったら無かったで、コンビニに買いに行ってる間に彼女の気が変わりそうだしなぁ……」

「知らねぇよ」

そんなことを相談されても困るというものだ。なにしろ、誰一人そういうシチュエーションになったことがない。と思っていたら、梶原が自信満々で「大丈夫だ、浅井」と言った。

「ゴムなんか必要ない。生でやれ」

「え？　だって……」

「彼女が本当にお前のことを受け入れる気なら、あんな薄っぺらな物の有無など気にしない筈だ」

どうやら梶原は、浅井が失敗すればいいと思っているようだ。壮行会と言いながら、内心は俺、もうオナニーだけでいいや。

悔しくて悔しくてしょうがないのだろう。

「はい、お待たせ。相変わらず馬鹿馬鹿しい話をしてんだね、あんた達は」

鉄板の上にキャベツと干しえびしか入っていないお好み焼きを滑らせて、ヨーコさんが言った。

八人でお好み焼き二枚、計六百八十円。ジュースやガリガリ君を入れても一人当たりの単価は二百円弱だ。それで二時間も居座られては、いかに暇な店とはいえ迷惑だろう。嫌味の一つも言いたくなる気持ちも分かる。

「ヨーコさんはどう思う？　やっぱゴムは用意しといた方がいい？」

「知るか、馬鹿。好きにすりゃいいだろ」

倉内家の出戻り娘、ヨーコさん、ただいま離婚協議中、子持ち、二十四歳。地元では美し過ぎる元ヤンとして有名な人物だ。『くらうち』がちっとも流行らないのは、近所に本格的なお好み焼き屋があることや、今日日の小学生が駄菓子屋に来なくなったこともあるが、それよりも彼女の口の悪さと過去の悪行の影響が大きいと俺達は睨んでいる。

尤《もっと》も、俺達はヨーコさんの三世代くらい下だから直接被害を被っていないし、歯に衣《きぬ》着せない物言いも心地よくて、勝手にオナ研の顧問のような存在だと思っている。たまにそう言うと、本気で怒られるのだが。

「知るか、馬鹿～」

カウンターの向こうから、ヨーコさんの口真似をする声がした。ヨーコさんの一人娘、ミカちゃんだ。まだ五歳の彼女も、放っておくと永遠に続きそうな俺達のエロ話を止めてくれる緩衝材として、オナ研に必要不可欠な存在だ。

「こら、ミカ。隠れて悪口言ってんじゃねぇよ」

梶原が言うと、ミカちゃんはカウンターの向こう側から出て来て「えへへ〜」と笑った。こんなふうに言われるのを待っていたのだ。ミカちゃんは真っ直ぐ梶原のもとへ向かって、いつものように彼の膝の上によじ上った。

「俺って、子供と動物にはモテるんだよなぁ」

確かにそうだ。動物の方は知らないが、ミカちゃんは妙なくらい梶原に懐いている。俺達ともしょっちゅう顔を合わせているのに、何故か梶原以外には懐かない。

「可哀想だなぁ、梶原は。お父さんの資質はあるのに、残念ながらその一歩手前まで行けないんだ」

小野田がお好み焼きを頬張りながらゲラゲラ笑った。もう一方の主役であるこいつは、浅井と違って余裕綽々《しゃくしゃく》だ。

「ミカ、こっち来なさい。馬鹿がうつるから」

鉄板を奇麗にしながらヨーコさんが言うと、爆発したみたいな笑い声が湧き上がった。浅井も笑っていた。少し遅れて、ミカちゃんも笑った。

翌週の月曜日、俺達は朝からずっと浅井と小野田に結果報告を聞こうと待っていた。

俺、もうオナニーだけでいいや。

だが何故か二人とも、申し合わせたように一時間目のギリギリに登校して来て、休み時間になる度に俺達を避けるように急いで教室を出て行った。二人一緒に行動しているわけではないが、昼休みも小野田は人の波に紛れて学食へ向かい、浅井は中庭に出て一人でパンを喰っていた。

こちらから「どうだった？」なんて訊くのはなんだか癪で、誰も追い掛けたりはしなかった。

「なんだよ、あいつら。せっかく壮行会までしてやったのに、沢村パターンかよ」

昼休みが終わると梶原は憤りを隠そうともせず、苛々しながらそう言った。他の奴らも同じような反応だった。だが俺の目には、少なくとも浅井の方はそういうわけではないように映った。

放課後、遂に痺《しび》れを切らした梶原が、小野田に「ちょっと来い、この野郎」と喰って掛かった。小野田は逃亡の果てに逮捕された容疑者みたいにガックリ項垂れて、言われるがまま俺達に囲まれる格好で椅子に座った。

「どうだったんだよ、チョンの間は」

「うん、それは問題なかった」

チョンの間は、一万五千円で十五分一本勝負。煎餅布団とティッシュしかない薄汚れた三畳間で、とてつもなく訳ありっぽい、けれどけっこう若くて可愛い子とやることをやる。

「そんなシステムの話はどうでもいい。問題なかったのに、なんでそんなにへコんでんだって訊いてんだ。勃たなかったのか？」

「実は……」

童貞を捨てた小野田は意気揚々と登校し、それを俺達にではなく既ノ字の奴らに報告した。授業の合間の十分休みも昼休みもフルに使って、体育会系も文化系もまんべんなく回った。どこかのカテゴリーに入れて貰おうと懸命に自己アピールをしたわけだ。その間、俺達のことは目に入っていなかったと言う。

ところが、行く先々で共通して言われたのは、「ふ～ん、じゃあ素人童貞だ」という言葉だった。

素人童貞。ある意味、ただの童貞よりも悲しい響きを孕《はら》んだ言葉だ。

「ぶははは！　素人童貞だってよ！」

梶原が弾《はじ》けたように笑い、周りの俺達も一斉に噴き出した。

道場に向かおうとしていた沢村が、ビクッと肩をすくめたのを俺は見逃さなかった。あいつもチョンの間だったようだ。

最も爆笑していたくせに、梶原は「おまえら、笑っちゃ悪いって」と真顔を作り、項垂れている小野田の肩にそっと手を置いた。

「ともあれ、おかえり」

「ただいま……」

ちっとも美しくないし梶原の鼻はまだヒクヒクしていたが、なんとなく絆《きずな》が深まったような気がした。

俺、もうオナニーだけでいいや。


小野田の話はかなり笑えたのだが、笑えないのは浅井の方だった。

「じゃあ今日は、小野田を励ます会だな」という梶原の号令で、俺達はその日も『くらうち』に向かった。

すると、一日中俺たちを避けるようにしていた筈の浅井が、店先にポツンと座っていた。

「待ってたのか？」

「うん……」

「なんだなんだ？　まさかお前も、やることはやったけど実は彼女が玄人だったなんてオチか？」

浅井は小野田の悲劇を知らない筈だが、その言葉の意味などどうでもいいようで、静かに首を振った。普段から弾けたキャラではないものの、輪を掛けて元気がない。

「ちょっとあんた達、ミカがいるから下品な話は禁止だよ」

暖簾をくぐるなりヨーコさんに注意されたが、梶原はミカちゃんを膝に乗せながら「大丈夫ッス」と即答した。

「下品なところまで行けなかったって話だから。な？　浅井」

浅井は俯いたまま「うん、まぁ……」と呟き、週末の出来事を訥々《とつとつ》と話し始めた。

週末、浅井は彼女のアパートに行き、彼女の手料理を食べて、DVDを観て、別々にシャワーを浴びて、一緒にベッドに入った。そして、いざ行動を起こそうとしたところ拒まれた。ここまで来てどういうことなのかと訊ねたら、彼女は「そのつもりだったんだけど」と前置きして、こう説明した。

付き合い始めた頃から感じていたのだが、彼女は浅井に対して性的な魅力をまったく感じることが出来なかった。好きであることは間違いないのだが、何故かそこの魅力だけがすっぽりと抜け落ちている。部屋に呼べばそういう感情が湧くかと思ったのだが、やはり駄目だった。そして、浅井に対する感情がペットに対するものと同じであることに気付いた。ペットとはキスはするが、セックスはしない。そういうことだ、と。

「う〜ん、分かるような分からないような理由だな」

「けどまぁ、ニアピン賞ってことでいいじゃん」

「そうそう。そんなに落ち込むことでもないよ」

みんな口々に浅井を励ます言葉を投げ掛けたが、全部「そんなことかよ」というニュアンスが含まれていた。よくある話だからと言うよりも、小野田みたいに笑える話を期待していたせいだ。なにも分かっていないミカちゃんまで、梶原の言葉を真似て「どんまいどんまい」と慰めた。だが、

「それだけじゃないんだ」

浅井の話は、その後が本題だった。

一度は拒まれたもののペット扱いされたことに「はいそうですか」と納得出来る筈もなく、浅井は彼女を強引に押し倒した。普段の大人しい浅井からは想像も出来ない行為だが、それほ

俺、もうオナニーだけでいいや。


どテンパっていたということだ。すると彼女も力ずくで抵抗し、遂に「うざい！」と本音の本音を吐いた。

浅井が思わず力を抜いた隙にベッドから逃げ出した彼女は、乾かしたばかりの髪を乱暴に掻き上げた。そして、「もう無理、全部言う」と、これまで浅井に見せたことのない態度で「本当の気持ち」なるものをぶちまけた。

曰く、浅井と付き合っていても、金がない、車がない、遊びに行く場所も食事をする店も子供っぽい、会話も幼い、得る物が何一つない。

そもそも高校生と付き合うことにした時点でそんなことは分かり切っていた筈なのだが、どうやら友達のデート事情などを小耳に挟むようになって、それら当たり前のことが酷く不満に思われて来たらしい。バイト先の同僚に誘われて何度かデートをし、それがとても楽しかったということまで打ち明けられた。

「はっきり言って、あんたと一緒に居てもつまんない」

それが、止《とど》めの一言だった。

浅井は黙って彼女の部屋を出て、けれど家には「友達の家に泊めて貰う」と言っていた手前、帰るわけにもいかず、一晩中コンビニやゲーセンをうろうろしていたと言う。

つまんない、つまんない、つまんない？　つまんない……。

朝までずっとその言葉が頭の中を渦巻いていて、遂には「つまんない」という言葉の意味が分からなくなってしまったらしい。

「わけが分かんねぇな、だって確か……」

「うん。その女子大生の方から浅井を引っ掛けたんだよな」

「あぁ、たまたま入ったファミレスでその子がバイトしてて」

「ひってぇ話だな。存在を全否定されたみたいじゃん」

今度のは、さっきよりも親身になった慰めの言葉だった。主役の座を完全に持って行かれた小野田も、「なにもそこまで言うことないのにな」と浅井の肩に手を置いた。どんな言葉にも顔を上げない浅井の凹み様を見て、梶原が「ヨーコさんもなんとか言ってあげてよ」と頼んだ。いつものお好み焼き二枚を焼き終えていたヨーコさんは、カウンターの中で煙草を燻らせていた。


「面倒臭い女に引っ掛かったってだけでしょ。別にこの子に同情なんか出来ない」

「え〜、ひってぇ。女性からも慰めの言葉を貰いたかったのに。なぁ、浅井」

ヨーコさんは火のついた煙草を梶原に向かって弾こうとしたが、彼の膝にミカちゃんがいるのに気付いてやめた。

「あんたらくらいの年頃の男が蟬《せみ》みたいなもんだってことは分かってるつもりだけど、それにしてもいい加減うざいよ。その女の言った通り、うざい」

「蟬？」

「そう。『誰でもいいからやらせろ〜』ってミンミンわめいてるのはオスだけでしょ？　蟬なんかたかだか一週間の命だけど、あんたらは年がら年中ミンミンミンミンミン、うざくてしょうが俺、もうオナニーだけでいいや。


ない」

小野田が「あはは、言えてる」と笑い、他の者もつられて笑った。

「けど、『やらせろ〜』なんて騒ぐのは可愛いもんだろ。血を吸う蚊はメスだけじゃなかったっけ?」

「そっと止まって音もなく血を吸うって、メスの性《さが》っぽいな」

「カマキリのメスは、交尾の後でオスを喰うぞ」

「オスは生殖機能付きタンパク源かよ」

「てことで、やっぱメスは恐ぇよ、ヨーコさん」

「うるさい、タンパク源」

話が脱線してみんなわいわい騒ぎ始めた頃、一人俯いていた浅井が久々に「そんなこと」と呟いた。だがその声は、すぐ隣にいた俺にしか届かなかった。

「そんなこと、どうだっていいんだよ」

やや声を張って発せられたその言葉で、みんなやっと浅井に注目した。ヨーコさんも、煙草を灰皿に押し付けていた手を止めて浅井を見た。

「お、タンパク源にもなれなかった男がなにか言ったぞ」

小野田のからかうような言葉には反応を示さず、浅井は腹の奥から絞り出すように言った。

「俺、もうオナニーだけでいいや」

一瞬、何を言ったのか分からなかった。全員の頭の上に『?』がポンと出たような気がした。

「こんな思いをするくらいだったら、もう誰のことも好きにならない。セックスなんかどうでもいい。怒と哀がなくなるなら、喜も楽も捨てる」

補足するように浅井が言葉を継いだ。すると、ざわざわとした空気が店内を包み、すぐに誰もが口を噤んだ。

「いやいや。おまえ、なに言ってんの？　馬ッ鹿じゃねぇの？」

数秒後、梶原がやっと沈黙を破った。

「おまえ、それ、体育会系だったら、『俺、練習だけでいいや。試合なんか負けることもあるもん』って言ってるようなもんだぞ？」

オナ研に試合があるかどうかは別にして、梶原にしてはまぁまぁ上手い喩えだと俺は思った。だが、何事か思案していた小野田が「いや」と否定した。

「浅井の言う通りかもしれない。誰も傷付けない、自分も傷付かない。こんな平和な世界があるか？」

何人かが「あぁ」と呟いた。「そりゃそうだ」という声もあった。

「そういうことじゃねぇだろ」

梶原は小野田に傾きかけている流れを引き戻そうとしたが、「じゃあ、どういうことだ」と問われると、なにも言い返せなくなった。

店内が二派に分かれた。

浅井の宣言をアリと取ったのは小野田を入れて四人。ナシと否定するのは、梶原と「どっち俺、もうオナニーだけでいいや。


かと言えばなぁ」な俺ともう一人。五対三で負けそうだった。

「ミカちゃんは俺の味方だよな？」

「こら梶原、汚ぇぞ」

どんな馬鹿話にも動じないヨーコさんも、珍しく慌てて「ミカを人数に入れるな」と割って入った。

「じゃあ、ヨーコさんはどっちよ。あんな馬鹿な考えを支持するわけじゃないだろう」

「私を巻き込むな。関係ねぇだろ」

「関係なくないよ。オナ研の顧問じゃん」

いつもなら「誰が顧問だ馬鹿野郎」と言う流れだった。場合によってはヘラや灰皿が飛んでくるので、俺達は身構えた。

だが、その日のヨーコさんは「ふん」と冷笑とも溜め息とも取れる音を漏らし、目を伏せただけだった。

「さっき誰か言ってたね。『誰も傷付けない、自分も傷付かない。こんな平和な世界があるか』って」

小野田が「あ、俺俺」と手を挙げた。

「そう思うなら思ってれば？　一生」

冷たく突き放すようにそう言うと、ヨーコさんは乱暴な手付きで洗い物を始めた。その言葉にはいつもと違う種類の毒が含まれているような気がして、俺達は押し黙った。

そういえばヨーコさんは近頃、何かに苛々しているような気がする。基本的に毒舌なので分かり難いが、ここ一ヵ月くらいは言動が二割増くらいで荒っぽい。

以前この店を切り盛りしていたおばさんが、最近になって一切をヨーコさんに任せてパチンコにはまっていると聞いたことがある。朝は牛乳配達、夜は小料理屋の給仕までやって、女手一つでヨーコさんを育てた働き者だったおばさんだ。娘の悪行に苦労した反動で遅い反抗期に入ったのではないか、と大人達は噂している。

そういったことも、ヨーコさんの機嫌の悪さに関係しているのかもしれない。

ヨーコさんまで黙ってしまい、遂に誰も口を開かなくなった。

ミカちゃんがヘラをグーで握って、俺達のお好み焼きを容赦なく食べていた。そのカチャカチャという音だけが、やけに耳についた。


オナ研が二派に分かれたまま、数日が過ぎた。

別に喧嘩をしているわけではないので、昼休みも放課後も一緒にツルんではいるのだが、事ある毎に『浅井宣言』は話題になった。

主に梶原と小野田の間で展開される話は、たいていは小野田に「誰にも迷惑掛けねぇだろ」と言われた梶原が黙り込む、というパターンだった。

「誰にも迷惑を掛けない、誰も傷付けないし自分も傷付かない。その上、妄想の中でなら誰とでもエッチが出来る。こういうのを、本当の博愛主義って言うんじゃないか？」

俺、もうオナニーだけでいいや。

メチャクチャな話なのだが、そんな小野田の言によってこちら側の一人が向こうに寝返ったのも事実だ。『浅井宣言』否定派は、遂に俺と梶原だけになった。

メチャクチャな話だということは分かっているのに、俺にも梶原にもそれを覆すことは出来ない。ただなんとなく「間違ってる」と思っているだけだ。

ヨーコさんが言った「そう思うなら思ってれば？　一生」という言葉も『浅井宣言』を痛烈に批判するものではあるが、あれは覆すと言うよりも拘《かかわ》ること自体を忌避するものだった。

ただ一度だけ、俺と梶原で惜しいところまで追い込んだことがある。

「要は、あいつらと同じじってことだろ」

梶原が顎で教室の隅を指したその先に、五、六人が固まってごにょごにょひそひそお喋りをしていた。

どのカテゴリーにも入っていない特別枠、オタクだ。

奴らは、ゲームやアニメやアイドルに入れ上げ、日々オタ芸を磨き、何かイベントがある度にアキバやお台場、時にははるばる幕張辺りまで繰り出し、ネット上で祭を繰り広げ、アンチを叩き、フィギュアとかトレカとかCDに信じられないような金を注《つ》ぎ込む。

全員揃って百二十パーセント童貞なのだが、俺達の会話には入って来ない。と言うか、クラスの中に存在していないことになっている。苛めてるわけじゃない。本人達もそう扱われるのを望んでいるから——いや、確認したわけではないが、そうとしか思えない。だって、目を合わせようともしないのだ——だから、ただ放っているのだ。

「小野田が言ってるのは、ネットとAVと妄想があれば性欲を処理するのに困ることはないってことだろう。あいつらと違うのは、対象が二次元やアイドルじゃないってことだけだ」

梶原のその言葉は、一瞬だけ小野田を土俵際に追い込んだかに見えた。梶原はそのまま寄り切ろうとして、

「外部との接触の一切を断って、バーチャルの世界だけで生きてって、その先に何があるよ。良くてコミュニケーション能力のない変人、悪くすりゃしょっぱい犯罪者ってとこだろう」

土俵際でがぶり寄ったつもりだったが、小野田の「で?」であっさりうっちゃられた。

「俺らは別にオタクや引き籠りになるなんて言ってねぇよ。浅井が言ってただろう。『あんな思いをするくらいなら』って。つまり、避けられるリスクは避けて生きるって意味だよ」

黙って聞いていた浅井が「あの、俺は何もそこまで……」と言い掛けたが、小野田の「おまえは引っ込んでろ!」という一喝で黙ってしまった。

まったくおかしな話だ。

「おい、近藤」

梶原に小突かれて、俺は我に返った。

「おまえもなんとか言えよな。この劣勢に、何をぼんやりしてやがんだよ」

別にぼんやりしていたわけじゃない。その時の俺は、オタク連中が教室の隅っこでごにょごにょやっているすぐ側《そば》で、一人席に着いている奴のことを気にしていたのだ。

そいつは、昼休みだというのにどこかのカテゴリーの会話に加わるでもなく、本を読むでも

俺、もうオナニーだけでいいや。

音楽を聴くでも携帯をいじくるでもなく、ただ一人で座っていた。

その眼鏡の奥の目は、机の天板を見下ろしているようであり、宙を見つめているようでもあり、どこも見ていないようでもあった。

あれ？

そいつの名前が出て来なかった。存在に気付くこと自体久々だったが、四十名余りのクラスメイトの中で、まさか名字も出て来ない奴がいるとは思わなかった。

存在していないことにしているオタク連中どころではない。存在していないも同然の人間ではないか。

「ま、俺らもオタクの連中と、それほど違わないのかもな」

そいつの横顔を見ながら俺がそう言うと、梶原が「おいおい」と口を挟んだ。俺まで浅井発言肯定派に寝返ったとでも思ったらしい。だが、そうではない。

俺は「聞けよ」と梶原を制し、続けた。

俺達は、安全地帯でしか吠えることが出来ないようなオタク連中とは違う。跳ね返った態度を取れば痛みを伴うことを知っているし、吐いた唾を飲まないようにたとえ正論でも口にしない事柄もある。それは卑怯なのではなく、身の丈を知っているということだ。

だが、俺達だってゲームはするし漫画くらい読む。ネットで血眼になってエロ画像を探すこともあるし、好きな芸能人の一人や二人はいる。

「何より、ツルむ仲間がいて、その中でしか通じない共通言語を持ってる。そういう意味じゃ、大して違わないんじゃないかって思う」

「だ〜から、何が言いたいんだよ、おまえは」

「だからさ、小野田達の行く末はオタクじゃないってことだ。そっちじゃなくて、あっち」

俺が顎で示した先に、全員の目が一斉に向いた。

「あぁ、あのシャクレメガネか。あれ？　名前なんつったっけ？」

「え〜と……あれ？」

「あれだ、あれ、ん〜と、クラウチ？」

「馬鹿、そりゃヨーコさんのとこだろ。あいつも確かクラが付いたけど、オオクラだかオカクラだか……」

「あ、アサクラだ、確か」

「あぁ、そうだそうだ、たぶん」

梶原が苛ついていることを隠そうともせず「あのシャクレメガネがどうかしたのかよ」と、噛み付きそうな勢いで言った。

「つまりさ……」

オオクラ、オカクラ、若《も》しくはアサクラは、高一の途中の変な時期に、どこかの地方都市から編入して来た。それは微かに覚えているが、それ以外のことは何一つ知らない。確か編入直後は「なんでこんな時期に？」とか「それ、どこの方言？」などとイジった記憶があるが、あまりに反応が薄かったので、少しずつ話し掛けることすら減っていったのだ。

俺、もうオナニーだけでいいや。


「オタクの連中だって、積極的に『俺、もうオナニーだけでいいや』なんてことは考えてない筈なんだよ。やりたくてたまんないけど、そのやり方が分かんないか、対象が実現不可能な相手かって問題だけで。だから……」

「冗談じゃねぇぞ、こら」

梶原にオタクと比較された時は、それを冷静に否定した小野田だったが、俺が言おうとしていることには完全に冷静さを欠いて前のめりで否定した。

「ありゃ廃人じゃねぇか。あんなのと比べんじゃねぇ！」

かなりの大声だった。教室の中の殆どの奴らがお喋りや食事を中断し、小野田に注目した。だが、当の廃人は相変わらずどこを見ているのか分からない目付きで、宙に視線を泳がせていた。

「あのさ、だから……」

浅井が取り繕うように口を挟んだが、誰一人聞いていなかった。

彼が言った「俺、もうオナニーだけでいいや」は、当の本人の意図したところを飛び越えて、一つの生き方の指針みたいになってしまった。

「浅井が付き合ってた女子大生の家、知ってるか？」

更に数日後の帰り道、梶原は俺に訊ねた。その日は誰も『くらうち』やゲーセンに寄らず、珍しく二人切りだった。

「いや、知らない。バイト先のファミレスなら分かるけど」

浅井がその女子大生と付き合い始めた頃、俺は冷やかし半分で見に行ったことがある。他のバイトの子とお近付きになれないかと下心全開だったのだが、それは叶わなかった。

「どうするんだよ、その子に会って」

「一言、もの申す。おまえの心ない言葉がどれほど浅井を傷付けたか、ってことを教えてやる」

「よせよ。そんなこと言ったって、なんの解決にもならねぇよ」

梶原は唇を尖らせて、暫く考え事をしていた。

彼の中でも、決定しているのは会ってなにを言うという部分だけで、それでどうなるという肝腎の部分はまったくのノープランだったようだ。

『くらうち』に繋がる路地の前を素通りして駅前の通りに出ると、近所の共学校の奴らと合流するような格好になる。その中には、女子と仲良く並んでお喋りしているグループも多い。俺はもう慣れたけど、男子校の生徒にとってはけっこう酷な帰り道だ。

「言葉で言って分からなければ」

女子のスピードに合わせてのろのろ歩く共学校の奴らの肩にぶつかりながら、梶原は唸るように言った。

「分からなければ？」

「犯す」

俺、もうオナニーだけでいいや。


「えぇ？　犯すっておまえ……」

そこから先は言うのをやめておいた。俺が言おうとしたのは、「それはヤバいだろう」ではなく、「やり方が分かんなくて、おっぱい揉んでサヨウナラじゃ格好悪いぞ、梶原」だった。

「近藤、おまえも行くか？」

よく出るパチンコ屋に誘われた時くらいの感じで、俺は「遠慮しとくよ」と断った。

梶原は梶原なりに必死なんだろう。それが本当に浅井のためを思ってなのか、オナ研内における自分の立ち位置を思ってなのか、はたまた「そういう女なら強引な肉食系のノリで行ったらヤレるかも」という淡い期待を抱いてなのか、俺には分からない。

まぁ、どれでも構わないけど。

そう思いながら、俺はいつもより幾分肩をいからせた梶原の背中を見送った。

高架下の暗い歩道まで来て、『今からでも追い掛けて止めた方がいいだろうか』『いや、どうせ梶原にはそんな度胸はないから放っておけ』などと逡巡《しゅんじゅん》していたら、

「よぉ、近藤」

背後から声を掛けられた。

「珍しいな、今日は一人か」

文化系バンド型モテ類、苅屋だった。ギターケースを背負って、本日も少しだるそうな笑顔だ。

「おまえこそ珍しいな。こんな時間に帰るなんて」

「あぁ、スタジオのキャンセル待ちしてたんだけど駄目で、他の奴らも帰ったから」

苅屋と俺は、中学時代からの友人だ。中学の時は二人ともバスケ部に入っていて、そこそこ仲は良かった。高校でもたまたま同じクラスになったのだが、苅屋の方は高一の終わり頃から音楽にハマって、それからは互いに別カテゴリーという関係だ。

中学の頃からそうだったが、苅屋は女にモテる。特別イケてるというビジュアルでもないのだが、なんと言うか、この少しだるそうな雰囲気が女子には受けるのだと思う。

男子校に入ったので、始終女子に囲まれてるということはなくなったが、それでも高二の春に渋いブリット・ポップ系のバンドを組んでからは、やはり校外で女の子に囲まれるようになった。

だから、こんな時間に家に向かっていることも珍しいが、一人でいることはもっと珍しい。

「オナ研は最近、揉めてるみたいだな」

ちょっと懐かしい感じで二人並んで歩いていると、苅屋が唐突にそんなことを言った。

「まぁ、ちょっとな。てか、なんでおまえが知ってんだ？」

「梶原と小野田の声がデカいんだよ」

「あ、そっか、はは」

跨線橋《こせんきょう》にさしかかった頃、苅屋が少し歩調を緩めたような気がした。

「オナ研って、やってて楽しいか？」

「ああ、割とな。おまえだって一年の頃は交ざってただろう。俺らのこと、あれこれ言うな俺、もうオナニーだけでいいや。


よ」

「まぁ、そうなんだけど……もっと、こう、なんて言うか……」

ゆるい登り坂を上り切ったところで、俺は立ち止まった。確証はないが、苅屋は話があってわざわざ俺が一人になるのを待っていたような気がしたからだ。

「なんだよ。言いたいことあるなら、はっきり言え」

「うん、じゃあ……なんて言うか、俺から見ると最近の近藤がちょっと、な」

「ちょっと、なんだよ」

長い貨物列車が下を通過して、苅屋の声を所々かき消した。

「エッチするとかしないとか、そんなこと、どうでもいいじゃん。俺ら、もう中学生じゃないんだから」

「……それは、既ノ字の台詞だろう」

俺の声は殆どかき消された。かき消されるように、呟いただけだから。

「え？」

「いや、別に」

「とにかく、俺の場合は音楽があった。正直言うと、それでもうなにもかもどうでもよくなってる。勉強とか、家族とか、将来とか、女とか。いけないことなのかもしれないけど、俺は今、本当に楽しくてしょうがない」

「それは良かったな。で、俺になにが言いたいんだ？」

「だから、その……なんでもいいから、夢中になれるものを見付けろよ。そういうことだ」

「……今更かよ」

貨物列車は既に通り越していて、その呟きはしっかり苅屋の耳に届いた。

「昔っからそうだけど、近藤は人より進んでるとか遅れてるとか、そんなことを気にし過ぎなんだよ。バスケにしたって成長期がどうしたこうした、ゲームにしたって金持ちの家の奴が有利だなんだって。勝ち負けって尺度で言うなら、夢中になれるモンがあったらそれでもう勝ちだと思うんだよ、俺は」

ダンプカーが、けたたましい音を響かせながら俺達のすぐ横を通り過ぎた。砂埃が巻き上がって、俺達は手で口元を覆った。

砂埃の中にも石灰岩の欠片かなにかあるのか、西日に照らされて空中でキラキラ輝いていた。

「別に、俺がどうなろうと苅屋に関係ないだろう。放っておいてくれよ」

「あぁ、所詮は他人だもんな。ただ、いつまでもガキみたいなことに拘ってると、いずれ変な方向へ行くような気がして、気紛れに助言してやっただけだよ」

跨線橋の天辺からは、夕陽がよく見える。まだキラキラ舞っている砂埃と西日を纏《まと》いながら、苅屋は「じゃあな」と俺を置いて行こうとした。

だが、数歩行ったところですぐに振り向き、こう言った。

「俺は既ノ字じゃない。おまえと同じだ」

俺はその言葉を心の中で三回反芻《はんすう》して、やっと意味を理解した。

俺、もうオナニーだけでいいや。


「おまえらが既ノ字と呼んでる奴らの中には、うじゃうじゃ童貞がいる。部活とかダンスとかバイクに夢中になってオナ研の会話に加わらなくなったのを、おまえらが勝手に既ノ字になったと勘違いしてるだけだ」

何も答えずに突っ立っている俺に、苅屋はもう一度「じゃあな」と言って、今度は本当に行ってしまった。

「おい」

三十秒ほどして俺はやっとそう言ったが、苅屋は既に跨線橋を渡り終えていた。

何故、俺を待っていたのか。何故、あんな助言をしたのか。そして何故、自分もまだ童貞であることをわざわざ俺に打ち明けたのか。考えてみたが、どれもこれも分からなかった。

一つだけ、「変な方向へ行くような気がして」って部分は分かった。確かに、当たっている。今まさに、梶原がそうなってるし。


その翌日、梶原は学校を休んだ。

まさか本当に女子大生に襲い掛かって、警察に捕まってしまったのだろうか。

そう思ったが、担任はなにも言わなかったし特に狼狽《うろた》えている様子もなかった。小野田が「梶原どうしたんスか」と訊ねても、普通に「風邪らしいぞぉ、おまえらも気を付けろぉ」と言っていた。

「近藤、梶原はどうした」

小野田はやはり気になるようで、『浅井宣言』否定派唯一の残党である俺に訊いて来た。

「ケータイにも出ねぇし、おかしいだろ」

「知らないよ。昨日も普通に帰って普通に別れたぞ」

俺は咄嗟に嘘を吐いたが、一日中気が気ではなかった。放課後まで計七回も電話をしたが、梶原は一度も出なかった。

浅井は先日来の俯き加減で口数も少ないが、特に変わった様子はない。もしもあの女子大生になにかあったら、つい先日まで付き合っていた彼にも連絡がありそうなものだが、そんな素振りはなかった。

そして放課後、俺達は梶原不在でもやはり『くらうち』に向かった。数人が梶原に『くらうち集合』とメールを送ったが、誰にも返信はなかった。

「馬鹿は風邪ひかないんだよな」

「うん、ひかないって言うねぇ」

「梶原は馬鹿だよな」

「うん、馬鹿だねぇ」

などと言いながら『くらうち』の暖簾をくぐると、珍しく客がいた。それも駄菓子目当ての子供ではなく、大人が二人、カウンターに座っている。

「あれれ、先客ありか」

小野田がそう言って出ようとしたが、ヨーコさんは「いいよ、入んな」といつも以上に無愛俺、もうオナニーだけでいいや。


想な声で言った。

「あ、おばさん、久し振り」

二人の客のうち一人は、久しく顔を見ていなかったヨーコさんの母親だった。おばさんは「あぁ、どうも」と懐かしい声でにこやかに挨拶をしてくれた。もう一人、見覚えのない男も何故か俺達に向かってペコリとした。色が黒く、細身だが筋肉質な身体をした三十代くらいの男だった。

「ヨーコさん、取り込み中だったら、俺ら遠慮しとくけど」

「いいつってんだろ。早く座れ」

「暴力バーかよ……」

おばさんが「ユウさん、お二階上がりましょうか」と言って、座敷に上がって行った。ミカちゃんも、男に抱き上げられて一緒に上がって行った。

ヨーコさんは「いつものでいいんだな」とコーラやラムネの栓を抜いてカウンターに並べた。一本多い。梶原の分だ。

「サービスだ。誰か飲め」

やはり、いつも以上に言葉に刺がある。

さすがの小野田も、いつもの調子で馬鹿話を始められる雰囲気ではなかった。

「誰？」「さぁ」「アレじゃない？」「アレか」

荒っぽい手付きでお好み焼きを焼き始めたヨーコさんに届かないくらいの小声で、そんな言葉が行き交った。二階に上がった男のことだ。恐らくヨーコさんと離婚調停中の旦那、ミカちゃんの父親だろう。

間違いなく初対面なのだが、俺はどこかで見たような気がしていた。暫く考えて、少しだけ梶原に似ていることに気付いた。梶原より精悍《せいかん》だし身体つきも立派だが、なんとなく顔の造形が似ている。

ミカちゃんが梶原にだけ懐いていた理由が分かった。「子供と動物にはモテる」と言っていたが可哀想に、別にモテていたわけではないのだ。となると、動物に好かれる方も、なにか特別な理由があるのかもしれない。人間には分からない、変な匂いがするとか……。

などと考えていたら、梶原がやって来た。

「う〜頭痛ぇ」

寝起きのまま来たらしい。上下ジャージで酷い寝癖頭だ。おまけに、動物も顔をしかめるくらい酒臭い。

「いでぇで、ヨーコさん、水ちょうだい」

「おっさんか、お前は」

「風邪、うつすなよ」

「卵酒の飲み過ぎか？」

俺達の言葉にはなにも答えず一息に水を飲み干すと、梶原は「まぁ聞いてくれ」と昨日から今朝に掛けての出来事を説明し始めた。

俺、もうオナニーだけでいいや。


昨日、俺と別れた梶原はやはり例の女子大生に会いにファミレスに行った。名札を確認し、ドリンクバーでねばり、夜十一時にバイトを終えた彼女の跡をつけた。

ところが、てっきり帰宅するものと思っていたら彼女は駅前の繁華街に向かい、そこで大学の仲間らしき男女数名のグループと合流した。諦めて帰ろうかと思ったが、浅井が酷く落ち込んでいることだけでも伝えてやらなければ気が済まなかった。そこで、彼女達が入ったカラオケ屋に潜り込み、トイレの前でじっと待ち続けた。

小一時間ほど待っていると彼女がトイレにやって来た。他の女性と一緒だったが、構わず声を掛け浅井の友人だと名乗った。驚いた彼女の様子を見て、一緒にトイレに来ていた女性が仲間達を呼んで来た。いかつい男も数人いてちょっとビビったが、バイト上がりの彼女以外は酒が入っていてかなりの上機嫌で、取り敢えず部屋に入れと勧められた。

しょうがないので、仲間達がいる前で言いたいことを言った。高校生に金や車がないのは当たり前であること、別れるにしても言い過ぎだということ、『浅井宣言』のこと、そして元鞘《もとさや》は無理だとしてもその考えを改めるよう浅井に言って欲しいということ。

梶原の話を聞きながら、彼女の仲間達も様々な意見を出し合った。話が色々な方向へ展開して行って、梶原も酒を勧められ遠慮せず呑んだ。食べろと言われたのでピザやパスタを食べた。唄えと言われたので三曲くらい唄った。

気付いたら朝になっていて、ベロンベロンに酔っ払っていた。

「なんだそりゃ。大学生のお兄さんお姉さんにご馳走になりましたって話かよ」

小野田がゲラゲラ笑い、俺達もつられて笑った。

「梶原、おまえアレだろ、浅井の件を利用して、自分も女子大生のお姉さんとお近付きになろうとしたんだろ」

「そんな不謹慎なこと考えてねぇって。初めは」

「〝初めは〟ってなんだ、こんにゃろ。さてはケータイの番号、交換したな」

梶原は申し訳なさそうに指を三本立てた。小野田は「三人もだと〜」と更に笑いながら、梶原の二日酔い頭をヘッドロックした。俺達も「合コンだ合コン」「俺も交ぜろ」とか言いながら梶原の脇腹をくすぐったり尻に蹴りを入れたりした。

「いい加減にしろ！」

突然、浅井が立ち上がって叫んだ。

梶原の話の途中で、浅井は何度も口を挟もうとした。だがその都度、周りから「まぁ待て」と止められていた。発言権を得るためには、もう叫ぶしかなかった。

「余計なことすんな！　梶原、それにおまえらもだ。気を遣ってる振りして、俺をからかって面白がってるだけじゃないか！」

梶原はぶんぶん首を振り、小野田も「そんなことねぇよ」と言ったが、説得力はまったくなかった。

浅井はへなへなと椅子に腰を落とし、いつもの弱々しい声に戻って「頼むから、もう放っておいてくれよ」と呟いた。

俺、もうオナニーだけでいいや。

「言ってるだろう。もう誰のことも好きにならない。あの子のことなんか思い出したくもないんだよ、俺は」

梶原もやっと、自分のやったことが浅井の傷口に塩をすり込むような行為だったと気付いたらしく、素直に「悪い」と頭を下げた。小野田が「そうだ、おまえが悪い」とその頭をペシと叩いた。こいつ、自分だけは浅井が言った〝おまえら〟にカウントされていないつもりのようだ。

それからまたみんなで浅井に励ましの言葉を掛け始めたが、俺はなんだか不穏な空気を感じて参加出来なかった。

誰も気付いていないようだが、くわえ煙草のヨーコさんがさっきからじっと浅井を見ている。見ていると言うより、睨んでいる。苛立ちの矛先が、浅井に向かってロックオンされている感じだ。

俺の視線に気付いたヨーコさんは、浅井から目を逸らして煙草を揉み消し、煙と一緒に「この間から、ごちゃごちゃごちゃごちゃごちゃ……」という言葉を吐き出した。

「おいコラおまえ、おまえだよ、おまえ」

噛み付きそうな勢いで呼ばれ、がっくりと項垂れていた浅井が「は、はい」と頭を上げた。

「世の中には三つの判断基準があるんだよ。正しいか間違ってるか、損か得か、好きか嫌いか。このうちどれを優先するかだ」

よせばいいのに、小野田が手を挙げて「気持ちいいか良くないかは？」と訊ねた。

「おまえはちょっと黙ってろ」

「はぁい」

「間違ってるかもしれないし明らかに損なんだけど、取り敢えず好きな方を選ぶ。そんな判断が許される期間なんか、若いうちのほんの一瞬なんだよ。それを安全な方ばっかり選びやがって。損得でしか動かないクソ野郎にも劣るクソガキだ。傷付きたくないし傷付けたくもないなんて、ジジィになってからゆっくり考えりゃいいんだ。ちゃんと間違って、ちゃんと狂って、ちゃんと失敗しろ、馬鹿野郎」

「あの、ヨーコさん」

気付いたら、俺はそう言っていた。

「〝若いうちのほんの一瞬〟ってことは、歳を取ったらどうなるんスか？」

小野田が「馬鹿、近藤」と耳打ちして来た。

「そんなの決まってるだろ。社会に出りゃ常識的な行動を強《し》いられるし、働いてりゃ損得で動かざるを得なくなるってこと……」

「おまえは黙ってろって言っただろう」

「はい、すんません」

ヨーコさんは新しい煙草に火をつけて一服深く吸い込むと、煙と一緒に「そういうことじゃない」と漏らした。

自分にとっての正否や損得や好き嫌いは二の次にして、選ばなければならない時が来る。

俺、もうオナニーだけでいいや。

「考えなきゃなんねぇんだよ。生活とか、将来とか……子供のこととかな」

二階のおばさんと男とミカちゃんのことを思い出した。きっと、遅れて来た梶原以外の奴らもそうだと思う。

やはりあの男はヨーコさんの旦那で、よりを戻すか否か、或いは養育費とか親権のことで話し合っていたのだろう。

自分のことなら、世間的にどんなに間違っていても、どれだけ損だと分かっていても、好き嫌いだけで決められる。特にヨーコさんみたいなタイプは、妥協するとか天秤にかけるとか、そんなこと試みたことさえないのかもしれない。

だが、ミカちゃんの問題となると、すべての判断基準をバランス良く鑑《かんが》みなければならないのだろう。それが最近の機嫌の悪さの原因だ。

「悪かった」

黙り込んでいる俺達の様子を見て、ヨーコさんは珍しくそんなことを言った。

「説教臭かったな。最低だ」

そして、まだ長い煙草を灰皿に押し付けた。

教室にいると分からないが、外はかなり風が強いようだ。無人の校庭に砂埃が立って、渦になっている。上空を見ると、よく晴れた空に浮かんだ雲の流れも速い。

「よぉ、近藤」

ぼんやりと窓の外を眺めていたら、梶原と小野田が話し掛けて来た。近くにいる浅井を気にして、聞き取れないくらいの小声だ。

「金曜日、大丈夫なんだろうな」

「あぁ、今週だっけ」

電話番号を交換した例の女子大生との合コンの話だ。向こうが三人だから、こっちは梶原と小野田と俺の三人。浅井だけでなく、他のオナ研構成員にも聞かれるとマズい。

浅井は斜め後ろの席でケータイをイジっていた。俺も声を潜め、「ところで」と訊ねた。

「その三人の中に、まさか浅井の元カノはいないんだろうな」

「そんな鬼畜なことしねぇよ。ただ、さっきメールがあってだなぁ、もう一人面子《メンツ》を増やさなきゃならなくなった。浅井は外すとして、誰にする？」

難しい問題だった。八人中四人となると、秘密を保持するのは難しい。浅井はしょうがないとして、三人は外されたことを相当恨みに思うだろう。

「あぁ！　えぇ？」

ぼそぼそ相談していたら、浅井が素っ頓狂な声を上げて椅子を引っくり返しながら立ち上がった。

そして、「これ」と言って俺たちにケータイを見せた。たった今届いたばかりのメールだった。文面は絵文字とギャル文字だらけで痛いものだったが、内容はなんとか分かった。

もう一度会ってちゃんと話がしたい。ついては金曜日に浅井くんの友達と私の友達が合コン

俺、もうオナニーだけでいいや。

をやるようだから、そこに私達も参加しよう。

「もう一人って、そういうことかぁ……」

「浅井、来る？」

浅井はブンブン音がするくらい頷いた。

小野田が「このスケベ」と笑いながら、浅井の肩を乱暴に叩いた。俺と梶原も、他の奴らにバレない程度にはしゃぎながら浅井を蹴ったり殴ったりした。浅井はされるがままになりながら、泣きそうな顔で笑っていた。

その時、ふと視線を感じた。教室の後ろの方でギターのスコアを見ていた苅屋が、俺のことをじっと見詰めていた。その顔には、相変わらずだるそうな笑顔が浮かんでいる。

何故か分からないが、あの日の『くらうち』で俺はヨーコさんの言葉を聞きながら、苅屋の言葉を思い出していた。

俺達が既ノ字と呼んでいる奴らは、きっと好きか嫌いかで行動出来ている奴らだ。

音楽があるおかげで「なにもかもどうでも良くなってる」苅屋は、「ちゃんと間違って、ちゃんと狂って」いる。そしていつか、「ちゃんと失敗」する。

そんなふうに、二つの話は妙にリンクしているような気がした。二人とも、まったく違うことを言っていたのに。

『懲りねぇなぁ』

苅屋はだるそうに笑って、目でそう言っていた。

まったくだ。

だけど、以前までのようにしょうがなくオナ研の奴らとツルんでるという感覚とは違う。

取り敢えず今の俺は、こいつらと馬鹿やってることが何よりも好きなんだ。

鉄の手

「宮本ぉ、どうよぉ、新しい職場はぁ」

語尾から魂が漏れているとしか思えないような喋り方で、テルが訊いてきた。

テルがこの手の喋り方でこの手の質問をしてくるのは、昔から授業中とかイケてない合コンの最中、つまり退屈が極まった時と相場が決まっている。で、今は後者だ。

会場は小洒落た感じのイタリアンレストランで、店の雰囲気とか食い物はいい感じなんだが、どうにも面子がイケてない。

プチ整形という力業までまかり通る近頃じゃあ、町を歩いていても中々お目にかかれない、こういうのを四匹も捕獲する方がある意味難しいだろう、こいつら普段はどこに生息してやがるのだ、的なのが目の前に並んでペペロンチーノを捕食している。

テルと俺以外の男二人は少しばかり人間が出来ているので、なんとか場を盛り上げようと頑張ってくれている。あとでファミレス代くらいは奢らされそうだ。

「よぉ、どうなんだよ、勤労青年」

よほど退屈なんだろう、今日はわりとしつこく訊いてくる。

テルと同じ工業高校を卒業して二年弱、いくつもバイト先を転々とした俺は、最近また小さな工場でバイトを始めていた。

「聞きてぇか？　そんなこと」

「マジ聞きてぇ。てか、俺の気を紛らわせてくれ、頼む」

俺がその工場で働き始めたのは、その前に働いていた土建屋から「使いもんにならねぇ」という烙印を押されたからで、早い話が左遷。日当は一万円から八千円に下がったが、フリーターとしてはまずまずだし、成りゆき上そこに落ち着いたというわけ。

その工場は土建屋の関連会社といっても小さなもので、工員は俺の他に三人。やたら威張ってる割には働かない四十男と、その腰巾着である二十幾つと思《おぼ》しき兄ちゃん。それから、今にも死にそうな爺さん。あとは社長と事務のおばちゃん、たまに顔を出す先代の社長がいるくらいで、どうにも明るく楽しい職場って感じじゃない。仕事の方も、工事現場ほどキツくはないけど重い鉄筋は運ばされるしあちこち擦り傷だらけになるし、楽ではない。何より、その四十男と腰巾着というのが、とにかくいけ好かない奴らで……。

俺がそんなふうに説明していると、テルの野郎、案の定その話にも退屈して欠伸《あくび》を嚙み殺しながら「ショッパい職場だねぇ」なんて勝手に話を終わらせ、それから俺の肩を叩きながら「もっとデカくて夢のあることやろうよ」と囁いた。高校時代からの口癖だ。昼休み、ドラムスティックで机をカツカツ叩きながら、テルはしょっちゅうそんなことを言っていた。

テルも俺と同じくフリーターだが、どうにも堪え性が無くて長続きせず、今は実家に寄生しながらバンド活動に精を出している。駄々をこねながらなんとか生きてる赤ん坊みたいな奴だ。まぁそれが憎めないところでもあるが、果たしてそういう暮らしが「デカくて夢のあること」に直結しているのかどうかは定かじゃない。

「もうお開きにしようぜ」

俺の話も退屈だと判断した赤ん坊が、いきなり立ち上がって言った。自己紹介以来、久々の発言だったもんだから女の子達はキョトンとしている。まだ始まって一時間くらいしか経っていない。

「え〜、来たばっかじゃ〜ん。あたしの頼んだニョッキがまだ来てないし〜」

「なぁにがニョッキだ！　ゴルゴンゾーラみてぇな顔しやがってぇ！」

「何よそれ！　失礼じゃない！　意味分かんないし！」

「音の雰囲気だ、こんにゃろー！」

テルはキレるしゴルゴンゾーラは泣き出すしで、結局その日の合コンは、第一ラウンド二分、テルのバッティングによるドローという感じで終わった。


鉄筋加工工場『烏丸鉄筋』。それが俺の職場。

鉄筋を切って曲げて、ものによっては結束や溶接や圧接して、出来上がったら平ボテに積んで現場に納入する。それが俺の仕事。

まあ確かに「デカくて夢のある」環境って感じではない。

「宮本ぉ！　また荷崩れで現場からクレームきたぞ。ホント要領悪ぃなあ。色んな奴を見てきたけど、最悪だぞおまえ」

その日の朝イチ、いつもの偉そうな物言いで四十男の大迫が俺に怒鳴った。セットした鉄筋が荷崩れを起こすのは、サイズや加工にバラつきがあるからで、つまり大迫の仕事が悪いということだ。

「使えねぇ奴だなぁ。よし、今日から吉川の爺さんの手元だ」

腰巾着の金田が追い討ちをかける。手元というのは、作業している者の近くで材料を渡したり寸法を図ったり、つまり雑用だ。ここで働き始めてまだ二週間の俺は、大抵これをやらされる。

これまで大迫はずっと自分の手元に俺を指名していたが、俺があんまり愛想が良くないものだから、遂に手放す気になったらしい。俺としては、やたらと威張り散らす割に仕事が雑な大迫も、指導と称して力仕事ばかり俺にやらせる金田も嫌いだったから、願ったり叶ったりというったところだ。

でも別に、吉川という爺さんが好きなわけでもない。この爺さん、大迫や金田なんかと違って一人で黙々と仕事をこなすタイプだが、殆ど無駄口をきかないので今まで挨拶程度しか言葉を交わしたことがない。これはこれで、間がもたない。俺的には、職場は雰囲気っつーものが重要なわけ。

「吉川さん。ということで、ヨロシク」

「う〜ん」

返事だか痰が絡んだんだか分からない音を発して、吉川の爺さんは早速、本日の作業内容を告げた。愛想も何もあったもんじゃない。

その日、爺さんが受け持っていた加工は柱や梁《はり》の主筋に巻くフープという鉄筋で、これはとにかく数をこなさなければならない。単調過ぎてノイローゼになりそうな作業だ。

「そんな数、一日で出来るわけないじゃないっスか！」

爺さんが言った数を聞いて、俺は思わずそう言った。それは、主柱八本×ツーフロア相当のフープだった。勤続二週間の俺でも、それがとんでもない数であることはすぐに分かった。

読めた。大迫と金田の奴、爺さんが文句一つ言わないのをいいことに、いつもこういう仕事を押し付けて、自分達は納入とか楽な仕事を選んでいるという寸法だ。

「ん〜、ほんじゃ〜取り敢えず〜、一六《イチロク》を二束ばっか一五〇〇ピッチで切っといてくれ〜」

だが爺さんは俺のリアクションを無視して、切断済み鉄筋の残量を確認しながらそう指示した。俺もウダウダ言っていても仕方がないので、急いで切断に取り掛かった。

D一六の鉄筋二束分くらいなら、大型の切断機にセッティングするより、手持ちの電動油圧式切断機《バーカッター》の方が速い。俺はまだ自分のバーカッターを持たされていないので、爺さんのを借りた。

爺さんのバーカッターは恐ろしく年季が入っている。塗装もすっかり剝《は》げ落ちた、サンドシルバーの憎い奴。ではあるが、どうにも調子がよろしくない。三十分ばかり経つと、「ウゥン」

と切ない声を上げて鉄筋を食い込ませたまま止まってしまった。

「あ〜クソッ！　吉川さん、これ、ちゃんとメンテしてんの？」

「めんて？」

「あぁ、メンテナンス」

「メンテンナスたぁ、どんなナスだ」

「こっちが聞きてぇよ」

「〝メンテン〟ってのは支那かどっかの地名か？　南京豆の親戚か？」

「メンテンナスじゃなくてぇ、メ・ン・テ・ナ・ン・ス！」

「メ・ン・テ・ン・ナ・ス？」

「あ〜もう！」

てな感じで会話もバーカッターの刃も噛み合わず、俺は手動の切断機を使って間に合うはずもない仕事を半ば諦め気分で続けた。

ところが、である。定時の五時半、俺と爺さんは並んで煙草を吸っていた。仕事は間に合ってしまったのだ。

爺さんの手さばきは、見事なものだった。曲機にセッティングするスピードもスイッチを押すタイミングも、大迫など比べものにならないほど正確で無駄がない。続々出来上がるフープは、大きさはもちろんフックの角度まで寸分の違いもない。ひたすら同じ動きを繰り返すのは壊れたおもちゃみたいではあるが、とにかく見事としか言い様がない手際だった。

手元の俺としても「プロだねぇ」なんて呑気に感心しているわけにはいかない。爺さんの右隣に切断した鉄筋を用意し、左隣にどんどん出来上がってくるフープを搬出用に束ねなければならない。俺もひたすら爺さんのスピードに負けないよう手元に徹し、見事にノルマを達成した。

「吉川さん、子供とかいるんスか?」

夕暮れの工場で気持ちよく煙草を吹かしながら、俺はそんなふうに話し掛けた。今日の仕事で、俺はすっかりこの年寄りに興味を持ってしまっていた。

「男二人だぁ」

爺さんは鉄筋の束に腰を下ろして缶ピーをくゆらし、俺の方を見もせずにそう答えた。

「へー、何してんスか?」

「二人とも都会でサラリーマンだぁ」

のんびりしたしゃべり方と、ぼんやり遠くを見つめる目。これだけ見ていると、縁側で猫でも撫でながらひなたぼっこしている好々爺《こうこうや》って感じで、さっきまでのスピーディーな動きが嘘みたいだった。

「へー、じゃあ孫とかいるんスか?」

「上の奴に男の子が二人、下に女の子が一人だぁ」

「へー、いくつ?」

「六十四だぁ」

「いや、吉川さんじゃなくて、孫の方」

「男の子が小二と幼稚園で、女の子は三つだぁ」

「へー、じゃあ今は吉川さんと奥さんで二人？」

「そうだぁ」

「へー……あのさ、吉川さん、夢とかある？」

「夢？　う〜ん……夢……夢……」

「あぁ、ゴメンゴメン、わけ分かんねぇ質問しちゃって」

そこで会話は途切れた。こんな淡白な返答じゃ、膨らむもんも膨らまねぇつーの。

爺さんの煙草の吸い方は極端なチェーンスモークで、一本、指が焼けるほど吸うと、そいつで次に火をつける。立て続けに四本吸って、最後の一本は簡単に指先で揉み消した。

その消し方がちょっとカッコよかったので俺も真似してみたが、死ぬほど熱くて出来なかった。

『どーゆー指だよ』と思って爺さんの手に目を向けて驚いた。「なんだこりゃあ」と声に出して言ってしまった。

作業中は革手袋をしていたから気付かなかったが、爺さんの手は鉄の塊に見えた。瘡蓋《かさぶた》が乾く前にその上にまた瘡蓋が張り、下のが乾く前に上のが乾いて、そのまた上に傷が走り、そんなふうに幾重にも傷を重ねて出来た手に違いない。ただ一箇所、一際目立つ親指の付け根の傷は、他の箇所と比べて異常に色素が薄い。本当なら縫わなければならないような傷を、包帯できつく巻いて強引に治してしまったのだろう。表面が細かく引きつってはいるけれど、そこだけ若々しく淡いサーモンピンクだった。

近くで見ると、その手は一層異様だった。何度か骨折もしているのだろう、十本の内の半分程が第二関節の辺りで異常に節くれ立ち、そこから先が少しずつ妙な方向に曲がっている。右手の人差し指と中指と薬指は、同じ長さだった。爪のない中指はプレスか何かで潰したのだろうか、断面が魚肉ソーセージを指で押し切ったみたいに歪《いびつ》な形をしていた。

年寄りだが、縁側で猫を撫でてる類いの老人じゃない。俺はそう思い、もう何も言えなかった。

「夢って程、大袈裟なもんじゃあないが」

缶ピーの蓋を閉じながら、爺さんが唐突に口を開いた。ずっと考えてくれていたらしい。

「俺ぁ、死ぬまでここで働けたら、いいなぁと思う」

「へぇ……」

俺はこの異様な手を持つ爺さんを、ちょっとだけ『カッコいいじゃねぇか』と思ってしまった。


それから数ヵ月が経った。

俺はあの日以来、ずっと爺さんの手元をやっていて、随分と仕事の要領を覚えた。爺さんは相変わらず口数は少なかったが、その踊るような手際は俺の目をひき付け、自然に身体で覚えたのだ。

その礼というわけじゃないけど、俺は爺さんのバーカッターを工業高校仕込みのテクでメンテして、何とか生き返らせてやった。

そんなある日、俺は社長から事務所に呼び出された。働き始めて初めてのことだ。長年働いている大迫や金田もそんなことは無かったらしく、少し驚いたみたいに事務所に向かう俺を目で追っていた。

「日当でも上げてくれんのかな」

俺は呑気にそんなことを考えながら事務所に入ったが、社長の話はもう少し大きかった。

社長はまだ三十を少し過ぎたくらいで、数年前に工場を引き継いだばかり。朝礼で「町工場は改革を求められています。世界的な技術で世に出るか惨めなジリ貧か、今まさにその瀬戸際にあるのです」なんて力説するハリキリ若社長だ。就任直後、新しい機械が導入され、その代わりに昼の弁当が安い仕出し屋に替わったらしい。実行力もある。

先代の社長はのんびり屋だから、経営に関して色々と意見の相違はあるみたいだが、それは若社長の理念が燃え盛っており、先代のそれが鎮火寸前だからだ。俺はそんなふうに思っていた。

その熱い理念の若社長からいきなり「正社員にならんか」とか言われても、俺としては返事に困る。

「ウチの親父と吉川の爺さんは、四十何年も前に工事現場で知り合った仲でね」

若社長は俺の困った顔を見て口元を緩め、そんな話を始めた。

先代の社長は若い頃、田舎から出てきた所謂〝金の卵〟で、建設会社で働いていたらしい。

それが一念発起して『烏丸鉄筋』を立ち上げ、その時、現場で知り合った吉川の爺さんを誘ったのだという。

「経営は親父、工場は吉川さん。そんな感じで、いいコンビだったらしい。僕にもそろそろ、そういう相棒が必要だと思ってね」

最後の「ね」にヤケに力を込めたな、と思ったら、片ケツを持ち上げ屁をひった。〝ブビッ〟という、水っぽい音だった。理念はあるが、デリカシーはない。

それから若社長は、ここ数ヵ月の俺の働きぶりを見てバイトでは勿体ないと思った、俺さえよければ正社員としてずっと働いてくれ、給与や保険の面でもずっと待遇が良くなる……。そんな話をした。

返事は来週でいいと言われ、俺は事務所を出た。

扉を閉める間際に、若社長が事務のおばちゃんに「ウチもそろそろ、血を入れ替えなきゃな」と言っているのが聞こえた。おばちゃんは「その前に事務所の空気を入れ替えましょ」と言って、窓を開け放った。


翌月から俺は、『烏丸鉄筋』の正社員になった。給料は手取りにするとバイトとたいして変わらなかったが、生まれて初めて雇用保険に入り自分の健康保険証も持った。

毎日やることは変わらないが、気分は軽かった。気のせいか爺さんのバーカッターも調子が良くなったように感じられた。

そしてもう一つ画期的な出来事が起きた。金田が解雇されたのだ。

金田は何度か現場への搬入中に事故を起こしていて、それが理由だとされたが、俺は咄嗟に若社長の「血を入れ替えなきゃ」という言葉を思い出した。金田の解雇は、事故のせいばかりじゃない。若社長はあの男の働きぶりを、ちゃんと見ていたのだ。実際、工員が三人に減ったところで、金田の仕事量じゃそれほどダメージはない。

それ以降、大迫の態度も変わった。口数は減り、以前よりしっかり働くようになった。明らかに動揺しているのが分かった。

『改革だよ』

人の不幸を喜ぶのは何だが、俺はそう感じて心の中で手を叩いた。

ただ一つ、爺さんまで口数が減ったことは気に入らなかった。爺さんの沈黙は大迫のそれとはまったく別物なのだろうが、何だか俺の正社員採用に文句を言われているような気がして、俺的には気に入らない沈黙だった。


「何でそれが俺なんだよ。わけ分かんねーし」

深夜のファミレスで、テルは呆れてそう言った。

金田が解雇されて一ヵ月が経った頃、俺はまた若社長に呼び出され「宮本クンは工業高校出身だろ？　同級生で、こういう仕事に向いてて、働く気はあるんだけどフリーターやってる子とか、いたら紹介してよ」と頼まれたのだ。

工場の仕事に向いているという点と働く気はあるという部分を除けば、テルは適任だった。

「マァジかよ〜」

テーブルのナプキンを何枚もクシャクシャに丸め、それを俺に向かってポンポン投げながらテルは嘆いた。いつも以上に赤ん坊化している。そういえば最近、新しい彼女が出来たらしいのだが、仲間内の誰にも紹介してくれない。その彼女とうまくいっていないか何かで、機嫌が悪いのかもしれない。

それはともかく、今回の話は、赤ん坊化がますます進行するこいつにとっても、いい契機だと俺は思っていた。

「おまえもいい加減、働いた方がいいよ。それにこれは、ひとつの改革だ。おまえの好きな、〝デカくて夢のあること〟だ」

若社長は、血を入れ替えたがっている。一度目は俺と金田。そして今回は、誰かと大迫。

「デカくねぇよ〜。夢もねぇよ〜」

俺の言葉に、テルはテーブルを引っ掻いてそう言った。工場で働く。ただそれだけのことで既に泣きが入っている。

「三ヵ月は試用期間なんだから、やってみて無理なら辞めりゃいい。取り敢えずやるだけやってみろよ」

テルは下唇を突き出して、上目遣いで俺を見つめた。

「じゃあ、三ヵ月だけ……」

「よし、決まり」

人間は、やってもいないことをイメージだけで嫌がったり避けたりしていてはいけない。俺はそのことを、テルの身体で実証した。

テルの仕事ぶりは、半端無く素晴らしかった。

工業高校出身だから、ワーストテンに入るような成績だったとしても最低限の知識はある。加えて、奴はドラマーでもある。単調な作業にスピードが求められる鉄筋加工には、リズム感が大切なのだ。

「いや〜、額に汗して働くってのは清々《すがすが》しいねぇ、宮本クン」

ほんの一週間前、ファミレスで下唇を突き出していた男が発する言葉とは思えないが、俺としても予想外の結果に満足だった。あとはこいつが若社長に認められ、大迫が解雇されるのを待つばかりだ。

俺とテルと爺さん。その三人で、忙しいけれど充実した人間関係のもとで仕事をこなす。いつか俺達が爺さんの仕事量に追い付けば、もっと大きな現場の仕事も受けられるはずだ。それが若社長の言う〝世界に誇る技術〟かどうかは分からないが、それによって工場も儲かって大きくなるし、俺達の給料だって上がるし、昼の仕出し弁当だってもっといいものに替わる。毎日笑いながら働いて、昼には二段重の弁当なんか喰って、休日には車なんか乗っちゃったりして思いっきり遊んじゃったりする。

俺の頭の中では、勝手にそんな未来が渦巻いていた。

大迫は、テルが入って来て益々口数が減り、ただ黙々と仕事をこなす生き物になっていた。

「遅いっつーの」

少しばかり彼のことを不憫に思いはしたが、俺にはそんな感想しか持てなかった。

そして、未来への第一歩となるテルの正社員採用は、予想より早く一ヵ月後にやってきた。

「ホントに、いい人材を紹介してくれたもんだ。ありがとう、宮本クン」

若社長は満面の笑みで、そう話を切り出した。テルと一緒に、俺も事務所に呼び出されていた。

「この仕事はリストも強くなられまして、ドラムを嗜《たしな》む者としては一挙両得と言わざるを得ません」

テルは彼の中にある妙ちくりんな敬語と丁寧語をフル稼働しながらそう答え、正社員に採用したいという提案を二つ返事で受けた。

「なんだ、また社員増やすのか？」

その時、トイレから恰幅のいいハゲ親父が出て来て、若社長に言った。先代の社長だった。

俺の正社員採用にも金田の解雇にも、いい顔はしなかったと若社長から聞いている。テルの採用にも、一言苦言を呈したいと見える。

「あぁ、この子は採用する。でも社員が増えるわけじゃないからね、人件費とか親父は気にしなくていいよ」

若社長は、先代に何か言われる前にそう言った。「ね」と「よ」で〝ブヒッ〟〝バビッ〟とやった。

「じゃあ、やっぱりまた一人……」

先代はそう言いかけたが、言葉を呑んで工場の方に出て行った。扉を閉じる直前屁をひったが、息子と違って〝プゥ〟というチワワの鳴き声のような音だった。

「御隠居は御隠居らしくしてろっつーの」

若社長は「なぁ」と同意を求めたが、俺達としては何とも言いようがなく、息を止めたまま「はぁ」とか曖昧に応えた。

ガラスの向こうで、先代は爺さんに話し掛けられていた。爺さんは御猪口《おちょこ》をクイとやるポーズをして、一杯飲みに誘っているみたいだった。

その隣で、先代に気付いた大迫がペコペコしていた。

『憐れだね、どーにも』

俺はそう思って、ガラスから目を逸らした。


それからほどなくして、俺の思惑通り一人の工員が工場を去ることになった。

ただそれは、二つばかり俺の思惑とズレがあった。

一つは、金田の時と違って、解雇ではなく依願退職だったこと。そしてもう一つは、それが大迫ではなく吉川の爺さんだったことだ。

その日の仕事が終わるまで、俺はそのことを知らなかった。

「お疲れっしたぁ！」

テルが大声で叫んで、二人で機械を止めに回っていると、爺さんが珍しく俺に話し掛けてきた。手には、例のサンドシルバーのバーカッターを持っていた。

「これ、おまえにやるよぅ」

「え、なんで？　吉川さん死ぬの？」

俺はふざけてそう答えたが、爺さんが少し笑ったのを見て黙ってしまった。

「今日で最後だからよぅ」

爺さんは、何でもないようにそう言った。

頭の中が、真っ白になった。


その夜、俺は工場の近くのおでん屋にいた。左にはテル、右に爺さん、その向こうには先代もいた。四人だけのささやかな送別会だ。

爺さんと先代は、昔話に花を咲かせていた。東京オリンピックやら東海道新幹線やら、俺達の親もガキだった頃から始まる二人の会話には、俺もテルもついていけなかった。

テルは退屈そうだったが、さすがに合コンと違って自分でお開きにするわけにもいかず、あっという間に酔い潰れてカウンターに突っ伏して寝ていた。俺は黙って呑んで、先代と爺さんの会話を聞いていた。酔いたかったが、酔えなかった。

「これからどうする？　婆さんと年金暮らしか？」

「うん。長男のいる都会で、近所にアパート借りて孫の顔でも見ながら暮らすかぁ、なんて婆さんと相談してんだぁ」

そんなやり取りの後、二人の会話は今回の件に移った。先代は「すまんなぁ」と繰り返し、爺さんはその都度「いやぁ」と応えた。

爺さんは「そろそろ潮時だぁ」と言った。先代が一線を退いた時、自分もと考えたらしいが、先代と違って後を任せられる人材が育っていないことに気付き、それから五年も経ったという。

「もう、任せられると思ったしよぉ」

爺さんが大迫のことを言っているのが分かって、俺は呑んだ。苦手な日本酒を、立て続けに四杯呑んだ。

「働きの悪い奴ぁ、切っちゃえばいいんだって」

悪酔いしていて、爺さんに意見した。

「んなこたぁ、今どき当たり前……」

「最近の大迫は、たいした仕事量だぁ」

俺の方に目を向けず、いつもの抑揚のない口調で爺さんがポツリと言った。

「金田はまだ三十前だから、その気になりゃあ何とかなる。大迫は四十過ぎて、なんともならんだろぉ。それより、本気になったあいつを切るのはぁ、工場に痛手だぁ」

「本気になるまでが時間かかり過ぎなんだよ。そういうのは切っちゃえばいいんだって。そんなの、デカい会社じゃ当たり前なんだから」

「デカい会社のこたぁ、儂にはよぉ分からん」

爺さんはそう言って、コップ酒を呑み干した。先代が「ん？」という目をして爺さんを見た。四十年以上の付き合いでも反応してしまうほど、この日の爺さんはいつになく饒舌《じょうぜつ》だったらしい。

「でも、会社がデカかろうが小さかろうが、どの国だろうといつの時代だろうと、人はモノじゃないなぁ」

爺さんがそう言うと、先代は「もう一杯」と言ってカウンター向こうの大将に爺さんと自分のコップを差し出した。

「なんだよ……」

そう言ってみたが、後が続かなかった。


「じゃあ……」

「ハイ、さよなら」

それが、爺さんとの最後のやり取りだった。

三月の第三金曜日で、町は酔っ払った学生やサラリーマンで溢れていた。歌を唱う声や、胴上げや一本締めの掛け声が聞こえる。爺さんは、その中へ吸い込まれるように消えた。俺も酔い潰れたテルに肩を貸して、人の群れの中を歩いた。

おでん屋で爺さんがトイレに立った時、先代は俺にこう言った。

「吉川がもう大迫に任せられると思ったのは、おまえもいるからってことらしいぞ」

酔い潰れた人間はやけに重い。俺は路肩にテルを座らせ、缶コーヒーを飲んだ。

「それがなんだよ」

そう呟くと、テルが「あ〜、そうでしゅか〜」と寝ぼけて答えた。何か夢でも見ているらしい。

「そりゃあ、よござんした」

俺の正社員採用を聞いた時、吉川の爺さんがいつものしゃべり方でそう言ってくれたのを思い出した。

先代にも若社長にも悪いけど、俺はもうあの工場にいる気はない。

俺が正社員採用を受けたのは、給料とか暮らしの安定とか、そういった理由じゃないから。

吉川の爺さんと、その鉄のような手を、もう少し見ていたいと思っただけだから。

温かい缶から離した手を、じっと見つめた。まだまだ柔らかい、桜色の手がそこにあった。

そういえば、もうすぐ桜が咲く。二十度目のその桜を、俺はどんな気分で眺めるんだろう。

爺さんはあの工場で四十年、休まず働いた。春も夏も秋も冬も四十回。でも、これでお終い。

「死ぬまでここで働けたらいい」というささやかな夢も、お終い。残ったのは、僅かな退職金と、あの鉄の手。そしてそれは、俺のせい。

俺は、本物のバカだ。

手から目を上げると、そこには賑やかな人の群れが流れていた。

五年が経った。

その後、俺は一念発起して猛勉強の末に東京農芸大学に合格し、バイオテクノロジーの学士号を取得、新種のナスの開発に成功して学会に発表し、それを「メンテンナス」と名付けるようなことはなく、相変わらず鉄筋を切って曲げて繋げている。

テルは半年で工場を辞めて、フリーターに逆戻りしていた。少し変わったことといえば、「指を怪我したらタイコが叩けなくなる」という理由で工場を辞めたクセにドラムセットを押し入れに仕舞い込み、何がどうなったのかゴルゴンゾーラと結婚してゴルゴンゾーラ似の娘の父親になり、あだ名がＮＰＯに変わったことくらいだろうか。まぁ、それはそれである意味〝デカくて夢のあること〟だと俺は思う。

俺はたまに自分の手を見て爺さんを思い出す。俺の手はあの頃より幾分か分厚くなったが、まだまだ鉄の手には程遠い。

五年。この八倍の時間を爺さんは働き抜き、最後に自ら身を退いたのだ。それを確認するために、俺はたまに自分の手を見る。

今頃、爺さんは、あの鉄の手で孫と遊んでいるのだろうか。

「色んな奴を見てきたけど、最悪だぞおまえ」

高校を出たばかりのフリーターに大迫が嫌味を言っている。

その声を聞きながら、俺は今日もサンドシルバーのバーカッターを握る。

R.S.V.P.Boss.

雨が降っていた。

タクシーはつかまりそうもない。

「歩こうや」

安斉が言い、俺達は歩き出した。

「春ちゃん、泣いてたな」

「え？　来てた？」

「あぁ、早苗と一緒にいただろう」

「あれが春ちゃん？　肥えたねぇ、見事に」

「子供が三人いるんだってさ。見てくれなんか、気にしちゃいられんのだろう」

「残酷だな、歳月っつーのは。つか〝春ちゃん〟はないな、三十半ばのおばさんに」

「うん、それもそうだ」

高校卒業後も定期的に会っていたが、ここ数年は互いに忙しく、今日は五年振りの再会だった。それに状況も状況だったから、多少はぎこちなくなると思っていた。だが、安斉のちょっとも変わらない態度のおかげで、俺も笑って話をすることが出来た。

大通りを十分ほど歩き、住宅街へ折れる。町並みは随分変わったが、それでもたまに現われる郵便ポストとか変な形の木が、記憶の奥深いところをくすぐる。

「よくもあんなに、涙が出るもんだな」

「デトックス狙いじゃないか?」

「なんだい、そりゃ?」

俺が笑うと、安斉も「俺も言っててよく分かんない」と笑った。昔と変わらず片頬を持ち上げる、はにかんだような笑顔だ。

小さな橋を渡って更に五分ほど歩くと、坂道に差し掛かった。

かつて揃いのブレザーを着て歩いた坂道を、あの頃の倍の年齢になった俺達は並んで上った。さすがに制服ではないが、似たような服装ではある。

「懐かしいな」

安斉はそう呟いて、黒いネクタイを緩めた。


菊池先生の訃報を知ったのは昨日の夜、会社でしこしこ残業している時だった。

「そう……いや、ありがとう……うん、じゃあ明日」

そう言って電話を切ると、周りの同僚や部下が仕事の手を止め、心配そうに俺を見ていた。やり取りで、誰かが亡くなったことが伝わったらしい。

「大丈夫ですか？」

隣の席の若いのが、心配そうに言った。自分ではそれほどでもないと思っていたが、隠し切れないショックは表情に出ていたようだ。

「うん、ちょっと驚いたけど、まぁ、それほど親しい間柄の人でもないし」

俺はそう言うと席を立ち、総務部のデスクに向かった。

一般的に、高校時代の教師が亡くなったからといって、葬儀に出席する者はそうそういないだろう。ましてや担任でも部活の顧問でもない、一年だけ生物を受け持って貰った一教師であれば尚更だ。

だが俺は迷わず有給休暇願いの〈弔事〉に○を付け、部長に渡した。

やらせる側が『サービス残業』と呼ぶ不思議な無報酬労働が連日続き、ムカついていたからではない。それもなくはないが、菊池先生を見送らなければならないという思いも偽らざる心情だった。

「今夜は、お先に上がります」

「小宮、この続柄はどういう……」

呼び止める部長に心の中で『うっせぇハゲ』と吐き捨て、俺は聞こえない振りをして会社を出た。

〈続柄〉の欄には〈ボス〉と書いていた。それ以外に適当な言葉が見付からないのだから、しょうがない。

菊池先生の高校教師としてのキャリアは短い。数年だけ生物の教師として働くと、どこかの企業の研究室に転職した。

だから、葬儀の参列者は殆どがその研究室関係者だった。

年輩者はいかにも学者先生という雰囲気で、若い見習いみたいなのも、どこか世間擦れしていないオリコウさんという感じ。

そんな、眼鏡と七三ヘアーの割合が高い参列者に交ざって、元クラスメイトが数名来ていた。予想より多い。地元に残っている奴の、ほぼ全員だ。生物を取っていなかった文系の者もいる。

焼香が終わり、少しばかりしんみりして出棺を待っている時、俺達は軽く言葉を交わし合った。もちろん、こういう状況でプチ同窓会というわけにもいかないので、控えめに「元気？」などと言う程度だったが。

だが一人だけ、まったくお構いなくプチ同窓会のテンションで「この後、呑みに行こうぜ」と声を掛けまくっている不謹慎な男がいた。

傘をさしているので顔は見えなかったが、俺にはすぐにそれが安斉だと分かった。こういう状況で傘を一つ一つ覗き込むような無神経な真似が出来る男は、彼しかいない。

安斉は「よぉ、久し振り。相変わらずスケべか？」などと声を掛け、たまに親族らしき人にまで「よぉ、あ、間違えた。この度は誠に……」などと言ってひんしゅくを買っていた。

「やぁやぁ、小宮くん。見ぃ付けた」

三十四歳にもなれば葬儀の一つや二つは経験しているだろう、少しは場というものを弁《わきま》えなさいよ。そんな言葉を呑み込んで「遅ぇよ」と待っていたみたいに答える俺も俺だが。

「気付いた？」

主語もなくいきなりそう訊ねられたが、俺は「あぁ、驚いた」と即答した。

眼鏡と七三ヘアー率の高い人々に交ざって焼香を済ませ、遺族の方々に一礼した時のことだ。最も祭壇に近い喪主の席には、奥さんと思しき女性が赤い目をして座っていた。その隣には、小学五、六年生くらいの男の子がぐっと両拳を握って涙を堪えていた。菊池先生によく似た、ゆるい天然パーマの少年だった。

「結婚、出来たんだな」

「ま、軽く変人ではあったけど、モテないわけじゃなかったし」

などと周りの参列者に聞こえないよう喋っていると、安斉が表情から笑みを消して「あのな」と深刻な様子で呟いた。

「呑むにはちょっと早いし、時間潰しに行ってみないか？」

霊柩車を見送った後、安斉はそう言って俺を母校へ誘った。

呑みに行く誘いに乗った奴らには集合場所と時間を伝えていたから、その場所へは二人で行ってみたかったようだ。

多分、安斉も俺と同じことを考えていたのだ。

俺と安斉は、あるみっともない事情で、菊池先生に少しばかり借りがある。

他のクラスメイトには言えないその出来事について、俺も彼と二人で話をしてみたかった。

それが菊池先生の供養になるのかどうか、分からないけど。


俺と安斉は、地元で名門進学校と言われる私立高校の同級生だった。

生徒の殆どは県内外の有名私立中学出身者で、地元の公立中学からその名門に入学出来る者は合格者の五パーセントと言われており、その狭き門を突破した者は〝五パー〟という賢いんだか馬鹿なんだか分からない称号を賜っていた。

別々の公立中学からその五パーで入学を果たした俺達は、すぐに意気投合した。

中学まで安斉は野球、俺はサッカーをやっていたのだが、高校では二人とも運動部には入らなかった。

名門進学校の運動部などレベルが低過ぎて、という理由ではない。逆だ。

私立高校にはありがちなことだが、全国的な知名度と文武両道というイメージを獲得すべく、運動部には県内トップレベルの選手がゴロゴロしていた。彼らを入学させるために、わざわざ体育科が設けられている。

特に、野球、サッカー、ラグビー、バレーボールには力を入れている。つまり、大きな大会なら全国ネットで学校名をただで連呼してくれる団体競技限定というわけだ。

俺達は、そんな奴らと競争する気はなかった。もともと野球やサッカーに執着していたわけでもなく、はっきり言ってしまえばたいした実力ではないと自覚していたからだ。

取り敢えず授業に置いてきぼりを喰わないよう、勉強はそこそこ頑張っとこう。部活はウザいけど、その代わりなにかやりたいね。放課後はバイトしたり、女の子と自転車に二人乗りでよろしくやったり、そのうちこっそり免許取ってバイクでも乗る？　サーフィンもいいね。もしアレだったら、バンドとか組んじゃう？　とにかく、なんでもいいから新しいこと始めようや。

受験勉強から解放された俺達は、そんなふうにお気楽トークをかましていた。俺達には輝かしい高校生活が待っている。なんの根拠もないのに、漠然とそう思っていた。

ところが、入学して半年で俺達は揃って落ちこぼれた。

口には出さなかったが、二人とも最初の夏休みに入る頃には既に焦っていた。授業がまったく分からないのだ。

結局は、野球やサッカーと同じだった。入学出来たことに喜んでいるような五パーの俺達が、ゼロ歳児から英才教育を受けているような奴らについていけるわけがないのだ。

二年になり、クラス編成替えで新しい教室に入ると、ふるいに掛けられたのが集められていた。五パーの殆どがそこにはいた。やはり言葉の響きの通り、蔑称なのだと分かった。

名門の落ちこぼれは、みじめだ。

勉強も駄目、スポーツも駄目、かといってグレるには遅過ぎる。

一応は「息子さん、どちらの高校？」なんて訊かれた親が「あそこなんですよ」なんて答えて、そうすると「あら優秀なのねぇ、うらやましい」なんて言われて、親としても悦に入ることが出来る高校だから余計に質《たち》が悪い。親はご近所に実情がバレるのが怖くて「なにやってんの」とか「学費も安くないのよ」なんてケツを叩くから、家にもいづらい。

そうすると、用もないのに街をぶらぶら。はい、腐った高校生の出来上がり、という寸法。

よく塾の宣伝文句なんかに、きっかけさえあれば学力はぐんぐん伸びるというのがあるが、逆もまたそうで、きっかけさえあればぐんぐん駄目になる。圧倒的な劣等感が、やる気を根こそぎ持って行ってしまったから、何を言われても否定的にしか受け取ることが出来ない。

ホント、今から思えば幼児並み。身体がデカくなっただけの駄々っ子。その典型が俺だった。毛がボーボーの幼児は、教室の窓から外を眺めながら『早く終わんねぇかなぁ』と考えていた。人生ではない。積極的に死にたいなんてことまでは考えない。想像力も幼児並みだから。ただなんとなく、この退屈な高校生活が終わることを待っていた。

来る日も来る日も適当に授業を受け、街をぶらつき、ゲーセンなんかで時間を潰し、馬鹿のくせに腹だけは減るからたこ焼きとか腹に詰め込んで家に帰る。そんな毎日だった。

気付いたら、隣にはいつも安斉がいた。たまに今後の人生について喋ったりもしたけど、すぐにどちらかが「くだらん」と呟いて終わった。二人とも腐っていた。幼児と違うとしたら、胸の燻りに持続作用がある部分で、それがまた厄介。二人とも、まるで湿気た爆竹みたいな気分だった。

そんなある日、菊池先生はやって来た。

俺達が二年になると同時に、系列の大学の理学部から派遣された非常勤教師だった。生物の授業は週に二時間で、しかも菊池先生が授業を持つのは二年D組と三年D組だけ。要するに落ちこぼれ専門だった。

週に四時間しか授業がないから、それ以外の時間は職員室で電話番をしたり、理科準備室でパイプを燻らしたりしていた。

「あれは左遷だな」

五パーの誰かが言った。恐らく大学の落ちこぼれ研究員で、大学側から無理矢理ウチに放り込んできて、ウチとしても手に余るから取り敢えずD組の授業くらいならやらせておこうか……。

「てな感じじゃない？　まぁ、俺達にはお似合いかも」

そんな憶測を裏付けるみたいに、菊池先生はいつも不機嫌だった。

「なんで俺が、おまえらみたいなガキに授業しなきゃならんかね」

最初の授業では、湿気た爆竹にいきなりそんなことを言い放った。

黒板に名前を書くと「先生なんて呼ぶなよ。呼び捨てでもいいし、それに抵抗があるなら菊池さんと呼べ」とも言った。

教室がざわついて、いつものように窓の外を眺めていた俺も黒板の方に引き付けられた。

「どうせおまえら、落ちこぼれなんだろう？　ビデオ回しとくから、適当に観てレポート出せ。俺の就任祝いに全員Aをやる」

やけくそみたいにそう言うと、準備室に引っ込んでしまった。

他のクラスだったら即座に誰かが職員室に走りそうだが、そこはさすがD組。一人が堪え切れなくなって「くっ」と噴き出すと、途端に爆笑が起こった。

「取り柄は若いだけか」「まったく、くだらん学校だよ」「おまえら、つくづくよく出来た馬鹿だな」

菊池先生はとにかく毒舌だった。学校批判も平気でやった。

自覚症状があったからだろうか、俺達はそれを笑って聞いていることが出来た。

今から思えばだが、あの頃の俺達の周りには、「はぁ……」と溜め息を吐いて「あのね」と馬鹿にしたように授業を進める教師とか、逆に腫れ物に触るように「おまえ達も頑張れば」なんてオタメゴカシを言う大人ばかりだったから、そういうことも作用していたように思う。

なんだか分からないが、久々に授業が面白かった。残念ながら誰一人、生物が好きになったり得意になったりはしなかったが、それでも週に二回の授業は楽しかった。

本人は不本意だっただろうし、わけが分からなかったかもしれないが、菊池先生はすぐに人気者になった。職員室にも理科準備室にも、用もないのに多くの生徒が押し掛けるほどに。

「キクチさんって、呼びにくくね？」

誰かがそう言って、渾名を付けようということになった。

分かりやすい特徴は、ゆるい天然パーマと、授業中を除いていつもパイプをくわえていることくらいだったから「ポパイ」「ホームズ」「ドナルド・ダック・ダン」など色々と候補が挙がったが、結局は当時発売されたばかりだった缶コーヒーのキャラクターから「ボス」に落ち着いた。

ちっとも似てはいなかったのだが、兄貴と呼ぶほど若くはないし、おっさんと言うほどしょぼくれてもいないこともあって、なんとなく「ボス」というのは納まりが良かった。

それでなにかが劇的に変わるとも思えなかった。でも、ボスと呼ぶことの出来る存在が身近に現われたことは、腐ったティーンエイジャーである俺達にとって、とても画期的なことであるように思われた。


俺達が菊池先生の渾名についてDクラスの頭をひねっていた頃、安斉はまったく別の問題で頭を悩ませていた。

彼と同じ中学からウチの高校へ進学した者は普通科には一人もいなかったが、体育科には三人いた。三人共、彼と同じ野球部出身だった。

俺もそれは知っていたが、安斉がそれほど彼らの存在を気にしているとは思えなかった。だから野球部が春の市大会で優勝、地区大会でベストフォーという戦績を収め、夏の選手権予選でシードされることが決まった時も「あ〜ぁ、かつてのチームメイトが甲子園行っちゃうかもよ」などと軽く茶化していた。

「興味ねぇな」

そう言う安斉の横顔を、俺はたこ焼きハフハフしながら見つめていた。その焦点の合っていない目の奥に、なにやら怪しい光が灯っていることなど、これっぽっちも気付いてはいなかった。

だから、彼から突然「手伝ってくんね？」と言われた時も、なにか面白いことでも思い付いたものだと思って「おぅ、やるやる」と二つ返事で請け負ってしまった。

「サンキュな……」

そう呟く安斉の目が久々に焦点を合わせたことにも、その片頬だけ持ち上げるお馴染みの笑みがちっとも照れ臭そうでないことにも、このへっぽこ頭は気付かなかった。

安斉がやろうとしていることとは、新聞沙汰の事件を起こして野球部を活動停止にさせることだった。

「去年、ラグビー部が活動停止になっただろう」

「あ、あぁ、確か体育科の津村が……」

この前年、俺達と同学年のラグビー部員、津村が他校の生徒と暴力沙汰を起こし、対外試合禁止を命じられた件だ。

本当は、津村は巻き込まれただけだった。彼の中学時代の悪い仲間が乱暴なパー券の捌《さば》き方をしていて、他のグループとトラブルになり、助けを求められて話し合いの場に参加した。

津村の方では話し合いだけで終わるとは思っておらず、その場へ向かう前に退部届を顧問に渡していた。だが顧問はそれを受理せず、デスクの引出しに仕舞い込んでしまった。

津村は昔の仲間に助けを求められ、断ることが出来なかった。但し、今の仲間達に迷惑を掛けまいと筋を通そうとした。一方顧問は、津村を切り捨てることで事なきを得ようとはしなかった。最後の公式戦への出場機会を失った先輩達も、津村のように過去に問題がある奴を受け入れた時点で、こういう問題が起き得ることもチーム全体で受け入れているのだと言って、津村を責めなかった。

普段、体育科に良い印象を持っていない俺達も、この一連の騒動には「男気だねぇ」などと言っていたものだ。

「けど、野球部員でもないおまえがトラブルを起こしたところで、活動停止にはならないだろう」

「そうだ。ただの暴力沙汰や万引きなんかじゃ小さい。強盗傷害とかオヤジ狩り、ホームレス襲撃レベルじゃないとな。レイプなんてのも効果的だ」

俺は安斉の説明を聞きながら「出来るのかよ、そんなの」と笑っていたが、内心めちゃくちゃビビっていた。


初夏になり、地元の新聞に県予選の展望が載った。ウチの高校はダークホース的に扱われ、甲子園初出場も夢ではないという持ち上げられ方をしていた。

予選が始まる前に騒動を起こそうとしていた安斉に、俺は「始まってからの方が注目度が大きいよ」と助言した。

始まってからは「一試合くらい勝ち上がってからの方が、野球部に与えるダメージが大きいと思う」と言った。

実際のところ、俺は安斉の行動を出来るだけ先延ばしにすることに必死だった。早いところ普通に負けてくれと強く願ったが、その年の野球部は本当に強かったらしく、あれよあれよと勝ち上がって行った。

「八強に入ったら決行だ」と言っていた安斉に、「四強まで待った方がインパクト強いよ」「決勝の前日とかだと大騒動じゃね？」などと言ってなんとか引っ張ったが、ついに決勝戦まで来てしまった。

「さぁ、やろうか」

もうこれ以上先延ばしにする理由はなかった。

「優勝が決まってからやれば、全国ニュース扱いなんじゃ……」

一応は言ってみたが、もう安斉を止めることは出来なかった。

「停学なんかじゃ済まないぞ。やり過ぎたら、少年院送りだ」

思い切って言ったが、安斉はフッと笑って「いいじゃん、別に、どうだって」と呟いた。

いい？　別に？　どうだって？

「小宮」

「え？」

「おまえはこのままでいいと思ってるのか？　俺はごめんだ。おまえもそうだろ？」

その時、俺には分かった。

俺にとって名門進学校に入ったはいいが落ちこぼれてしまったという現実は、滑稽《こっけい》な出来事でしかなかった。だが、安斉にとっては決定的な敗北、絶望だったのだ。多分、野球部の三人とは家も近いし度々顔を合わせているのだろう。その時、どんな会話をするのか想像してみたが、どう考えてもあまり楽しい内容ではなかった。

入学以来ずっと一緒にいたのに、俺は気付いてやれなかった。こいつのことはすべて分かっているような気になっていたけど、実は何一つ理解していなかった。

安斉がやろうとしていることよりも、俺にはそっちの方がショックだった。他者に過剰な理解を求める年頃のこととはいえ、他者に血よりも濃い繋がりを求めがちな青い年頃とはいえ、俺と彼が同一ではないという当たり前の事実に、その時の俺は打ちのめされた。

「分かった……やろう……」

俺は腹を括った、振りをした。

いきなり町中で警察沙汰になるような大暴れなんか出来ない。オヤジ狩りもホームレス襲撃も、やったもののたいした事件にならない可能性もある。レイプなど、被害者が告訴しない場合も多いと言うし、もってのほかだ。いや、だいたい二人とも童貞だったし。女の子をさらったはいいけど、やり方が分からなくて結局おっぱい揉んだだけでは、ただのショボい痴漢だ。それは格好悪過ぎる。

そこで安斉が考えたのは、まず二人でカラオケ屋の個室に入り、酒を呑みまくって酔っ払うことだった。後は、その場の雰囲気にまかせて他の客、それも出来るだけヤバそうな連中に喧嘩を売り、警察が呼ばれるくらい二人で暴れまくるというものだった。

いいのか悪いのか分からないが、当時はまだまだ未成年の飲酒に寛大な社会だった。制服のままコンビニで酒を買っても、カラオケ屋で酒を頼んでも、なにも言われなかった。

で、どうなったか。

野球部は決勝戦で惜敗して、甲子園初出場を逃した。

そっちじゃないか。俺達の方。

みじめな二−Dの五パーに相応しいと言えば相応しい結果だった。

俺と安斉は放課後に酒を買い込んでカラオケ屋に入った。そして、チビチビ呑みながら作戦を練った。

隣の個室に、盛り上がっている大学生と思しき団体がいた。トイレに行く振りをして隣の部屋を覗くと、男二人、女二人だった。男はちっとも強そうではない。おあつらえ向きだ。

彼らが店を出たところで喧嘩を売ることに決めた。

殺すのはさすがにまずいから、安斉がどこからか調達して来たスパナと特殊警棒は主に脅しに使い、抵抗して来た場合も腕や腹を殴るだけにしよう。

そんな細かいことまで決めて、俺達は一曲も唱わずにチビチビ呑みながら隣室から漏れて来る下手糞な歌に耳を欹《そばだ》てていた。

ところが、大学生はちっとも出て来る気配がない。

「カラオケつったら二時間が相場だろうが」

苛つきながらチビチビ呑んでいたら、そのうちクイクイになってグビグビになって、八時頃にやっと店を出る気配がした頃には、ベロンベロンになってしまった。

「行くぞ」

安斉が言った。俺も傾きながら部屋を出た。

大学生四人と同じエレベーターに乗り込んで、殺気を気取られぬよう隅っこに固まり、一階で降りた。

大学生が会計を済ませているのをソファに座って待ち、彼らが店を出ると同時に俺達は立ち上がってダッシュした。

安斉は店の外へ、俺は奥のトイレへ。

トイレに駆け込んだ俺は、自分史上最大級のリバースを経験した。ゲロゲロ吐きながら、自分でも『ほ〜、こんなに出ますか』と思ってしまうくらい吐いた。『涙まで出ますか』と感心していたら、遠くで安斉が「おい、ちょっと待てこら。おまえら、なに女連れで粋がって……え？　小宮？　小宮ぁ！」と叫んでいるのが聞こえた。

俺がウォシュレットのお湯をデコに受けながら便器を抱えている間に、安斉は健闘したものの見事に返り討ちに遭ってボコボコにされてしまった。

それで、おしまい。

トイレから這うように出ると、もう大学生達はおらず、代わりに近くの交番から警官が呼ばれていた。酒を呑んでいることも未成年であることもバレたが、補導歴がないことだけ確認されると、後は「あ〜あ、しょうがねぇな」という扱いだった。

警官はボロ雑巾みたいになって路上に転がっていた安斉のポケットから学生証を見付けて迎

えに来るよう店から学校に電話した。

「あんな有名進学校にも、こういうのがいるんだな」

警官は呆れたように言っていた。なにもかもが中途半端な俺達は、補導すらされないのだ。残るは停学か、下手をすれば退学だ。

俺は酔っ払った頭でぼんやりとそんなふうに思っていた。

だから、その時学校で電話番をしていたのが菊池先生だったのは、とてもラッキーなことだったのだと思う。

先生はカラオケ屋まで俺達を迎えに来ると、まだエズいている俺とボコボコになった安斉を見て、「大丈夫か?」の一言も掛けず噴き出した。

「なんだ、おまえらか」

それが第一声だった。

親でも担任でもなかったことに安心したわけではないけど、俺にはそこから二時間くらいの記憶がない。


気付いたら、俺は菊池先生の家のソファで横になっていた。

「……なんで……きっぱり……どうだっていいんだから……」

途切れ途切れの声で、目が覚めた。

安斉が、俺達がやろうとしていたことを馬鹿正直に説明していた。

ガンガンする頭をゆっくり持ち上げると、菊池先生は安斉の言葉を遮って「やっと起きたな、酔っ払い」と笑った。

「家には電話をしておいてやったから、今夜は泊まって行って大丈夫だ。こういう時、教師って肩書きは便利だよ」

そう言って、濃いコーヒーをいれてくれた。

「俺としては、おまえらが男子で本当に残念だがな」

へらへら笑いながらそんなことを言う菊池先生を、安斉は見たことないくらい鋭い目付きで睨んでいた。

「事情は安斉からざっくり聞いた。おまえも人がいい奴だな」

「俺の話だ。小宮は関係ない」

安斉が嚙み付きそうな勢いで唸った。理科室みたいな丸椅子の上で膝を抱えた彼の前にもマグカップがあったが、もう湯気を立てていない。

「あぁ、そうか。で、なんだっけ？」

「だから、秘密にする必要はないって言ってるんだよ。もう、どうなっても構わない。覚悟は出来てるんだ」

どうやら、学校には秘密にしておいてやるという菊池先生の言葉に、安斉はこだわっているようだった。

「そうムキになるな。まぁ、おまえの気持ちも分からないではないが、原動力が怒りばかりでは空《むな》しいぞ」

「結構だよ。どうせ初めから空しいんだ」

カフェインでは酷いムカつきと頭痛はどうにもならなくて、俺は二人の会話に入っていけなかった。で、ソファから重たい上体を持ち上げ、ぼやけた目で改めて部屋を見回した。

変な部屋だった。

菊池先生は四十一歳でバツイチ、子供はいるが元嫁が育てていて滅多に会っていないということは、情報通の春ちゃんから聞いていた。一人暮らしにしてはかなりの広さだが、ベッドとソファを除いて、生活感が殆どない。安斉と先生が座っている椅子もテーブルも、なんだか無機質でいかつい。よく見ると、キッチンの周りにも調理器具には見えない変な機械がいっぱい置いてある。本当に理科室みたいだ。

「なにかに反抗するには、ユーモアも必要なんだぞ」

パイプに火をつけ、先生は安斉から少し離れた窓際に移動した。もたれたカウンターも、病院とかで見る銀色でなんの装飾もない代物だ。上には試験管とかビーカー、遠心分離機なんかも並んでいる。生物の教師でなければ、ちょっとした変態嗜好のある男の部屋みたいだ。

「野球部が気に入らない、だから出場停止にするっていうアイデアはあまりに短絡的だ。職員室で去年のラグビー部の件を聞いたことがあるが、もしそれを参考にしてるならなお悪い。オリジナリティってものがない。もっと最悪なのは、笑えないってことだ」

「笑えようが笑えなかろうがどうだっていいんだよ、そんなこと」

「それだ。どうでもいいってやけっぱちな姿勢が、せっかく熱くなった心を駄目にするんだ」

安斉はそこで黙って、窓際の菊池先生を見つめた。さっきの睨むような目付きではなくなっていた。

菊池先生は、野球部をどうこうしようという考えは否定しなかった。その対象がなんであれ、怒りを持つこと自体は悪くない、そういう意味だろうか。

「せっかくの青春を、つまらないことに浪費するもんじゃないと言ってるんだ」

ブン……と重い音がして、換気扇が回った。

「セーシュンだ?」

安斉は「出たよ……」と呟き、口元に笑みを浮かべた。怒りや憤りを通り過ぎたところに、何故か笑いがあった。そんな感じの笑みだった。若しくは、少し混乱していた頭が反撃の糸口を見付けて、安心感が口元を緩めたか。

「そんなもの、たっぷり歳を取った大人が後ろ振り返って、自分達の過去を恐ろしく美化して陶酔して、でっち上げた戯《ざ》れ言だろうが。そうでなきゃ、部活とかバンドとかに精を出してる奴らの拠《よ》り所ってやつだ。うるせぇよ」

窓際の照明は付いていなくて、開かれた窓の向こうには月があった。

「おまえらにも、なにか夢中になれることがあると、いいんだがな」

「ねぇよ、そんなもん。あるわけがねぇ」

「そうか。じゃあ、なにをそんなに焦ってる。そう言ってるおまえ自身が、青春なんて大人が作った賞味期限を意識してるからだろう」

安斉が丸めていた背中を伸ばし、なにか言おうとした。だが、菊池先生の「違うか？」で、また猫背になった。

菊池先生はカウンターにあったビーカーに、コーヒーを注いだ。カップは二つしかないらしい。

先生はビーカーを目の高さまで持ち上げ、軽く回した。それから左右に傾けたり、上下に揺すったりもした。当然、中の黒い液体は不規則に暴れて、少しこぼれた。

「今のおまえらは、こんな状態だろう」

なにを言っているのか、俺には皆目見当も付かなかった。安斉は項垂れて床を見つめたままだった。

「根拠のない自信とわけの分からない不安、自己愛と自己嫌悪、顕示欲と孤立願望、誰をも傷付けたい衝動とすべての人を愛したい衝動、そんな矛盾した感覚の行ったり来たり。バランス感覚なんかないから、いつも揺れてる」

安斉が顔を上げた。そして「で？　なに」と挑発するように言った。

「で、その割れやすいビーカーの中には色々な薬品、それも劇薬が詰まってる。なにかきっかけさえあれば、人殺しにも発明家にも金メダリストにだってなれる」

逆光で菊池先生の表情はよく見えなかったが、笑ったみたいな月の形が先生の心情を代弁しているみたいに見えた。

「俺も、ついこの間まで揺れてたから、分かる」

その辺りから、言葉のトーンが変わった。いつもの毒舌とも安斉を宥《なだ》める口調とも違う、どこか自分に言い聞かせているような感じもした。

「おまえらみたいに若くはないから、感情の振り幅もそれほど極端じゃないし、少しはバランスを取ることは出来たがな……」

そう前置きして、こんな話を始めた。

もともと菊池先生が所属していた大学の理学部には次期学部長候補が二人いて、そのどちら側かに政治的な働き掛けをする奴がおり、対抗候補のシンパである若手職員をなんやかんやと理由を付けて系列企業だとか中学高校なんかに飛ばした。数年間遠ざけておいて、その間に投票を行なおうという思惑らしい。

本来の目的とはまったく無関係のことで、菊池先生の進めていた研究は止められてしまった。一年でも大学を離れることは、その研究には致命的だった。高価な機材も膨大な過去のデータも使えない。

やはり菊池先生は、飛ばされてウチの高校へ来たのだ。ただ、その理由は落ちこぼれだからではなかった。ややこしい大人の事情という奴だ。

「最初は、おまえらも知っての通りやけっぱちになってた。幽閉と言うか島流しと言うか、とにかくそんな目に遭った気分でな」

先生はそこで言葉を切り、パイプを吸った。白い煙が立ち上って、換気扇に吸い込まれながら渦を巻いて踊った。薬品臭い部屋に、少しだけ甘い香りが漂った。

「でも、スネたりゴネたり妬んだり恨んだり、そういうのは止めにして、今の自分に出来ることを考えた」

それから先生は、大学でやっていた研究を個人で続けるために、自宅を改造してこんな状態にしてしまったのだと言った。似たような研究を大学に残ってやっている奴らに対して圧倒的に不利だが、「それは問題じゃない」そうだ。

大学という後ろ盾がなければ、研究結果をまとめたとしても発表する機会もないかもしれない。だがそれも、

「メジャーレーベルが駄目って言うなら、インディーレーベルから出せばいい。それだけのことだ」

そう言って笑った。

なるほど、何事も諦めるな、今の自分に出来ることをやれ、ってことね。とは思ったけど、でも、正直言って……。

「だったら、どうすれば、いいんですか」

安斉が敬語で訊ねた。そう、そこのところが分からない。

「教訓めいた話はありがたいけど、俺達にとってセンセーの研究にあたるものって、なに？ そこが重要なんですけど」

敬語だが、軽く馬鹿にしたニュアンスを含ませることも忘れていない。

菊池先生は腕組みをして「う〜ん、そこだよなぁ」と唸った。こちらにも、小馬鹿にした感じがある。

「そうだなぁ……取り敢えず走っとけ」

「はぁ？」

「校門の前に緩い坂道があるだろう、運動部の奴らがよくダッシュしてる。あそこを毎朝、駆け上がることにしろ」

「え〜と、それは身体動かして頭ん中を空っぽにしろとか？　なんか、セーシュン臭ぇなぁ」

「比喩じゃない。試しに酸素を摂り入れてみろって言ってるんだ。四十億年前まで、地球上で最も危険だった物質だ。ビーカーの中で、なにかが起きるかもしれんだろう」

「センセー……」

「なんだ」

「俺達と話するの、面倒臭い？」

菊池先生は少し考えてから、「あぁ、そろそろ限界だ」と言って換気扇を止めた。

低い音が止んだ代わりに、俺と安斉のクスクス笑いが始まった。すぐに、菊池先生の笑い声も加わった。

パイプの甘い香りが強くなって、俺達の笑い声は徐々に大きくなっていった。

「この歳になると、歩いてるだけで結構キツいもんだな、この坂も」

安斉はネクタイを外し、「くそっ」と吐き捨てるように言った。

俺も、同じことを感じていた。五月の頭にしては肌寒いくらいの天候だったが、背中は軽く汗ばんでいる。

「今、駆け上がれる？」

「いや、無理、多分」

十七年前、退屈で素直で馬鹿だった俺達は、あの翌日からこの坂道を駆け上がることにした。

「意味ねぇ！」

毎朝、駆け上がる度にゼイゼイ言いながら、そう叫んだ。

「登校早々、校門の前で〝意味ねぇ〟とは何事か」

遅刻をチェックしている教師にそう言われて、止めた。叫ぶ方じゃなくて、駆け上がる方。

別にそれがなくても止めていただろう。根性なんて、これっぽっちもなかったから。

でも何故か、一週間ほど続けてみて、それ以降の俺達は笑うことが増えたような気がする。まさか本当に酸素が影響したわけでもないだろうが、以前のようにクサクサした気分ばかりではなくなったように思う。

後日、止めたことを菊池先生に報告すると、むしろ始めていたことに驚かれて「本当にやるな、馬鹿」と笑われた。

でも先生は、理科準備室を出ようとする俺達に向かって、ちょっと真面目な感じでこうも言った。

「事を焦り過ぎちゃ駄目だ。時の流れがお前らを焦《じ》らしてるだけなんだよ、きっと」

同情でも憐憫《れんびん》でもない、俺達を励ます言葉だと感じた。

「分かってるって」

「それ、自分に言ってるでしょ」

俺達はそう言って、笑った。

安斉も今、坂を上りながら同じことを思い出しているだろうか。

そんなふうに考えていたら、

「大袈裟かもしれないけど……」

前を向いたまま、安斉が呟いた。

「俺は、ボスのおかげで人殺しにも泥棒にもならずに済んだような気がしてる」

俺は少し意外な気がして、「そんなに大きな存在だったのか」と訊ねた。安斉は暫く考えてから「いやいや」と首を振った。

「別に、それほどでもない。正直、尊敬する人物ってほどでもないよ。いつもあの人のことを考えてたわけじゃないし。ただ、ちょっと感謝してる。あの頃、出会えて良かったたって」

それは俺も同じだ。ずっとあの人のことを忘れずに生きて来たわけではない。年賀状のやりとりすらなかった。

何年か前、研究の成果を本にして、その道ではけっこうな評価を得たと風の噂で聞いたけど、「へぇ」と思っただけだ。専門書なんて、読んでも分かるわけがないし。

今から思えば、わりと色々なことを教えてくれていた人。そんな感じだ。

例えば、ユーモアと反骨精神、いい事ばかりはありゃしないってこと、嘘つきばかりが偉そうにしてるってこと、それから、それでも世の中そんなに捨てたもんでもないっていうようなこと……。

「だー、ちょっと休憩」

安斉はそう言って坂の途中で立ち止まった。俺も、雨が降っていなければその場に座り込みそうだった。

ラグビー部の連中が、坂道ダッシュを繰り返していた。俺達は道を譲って、ガードレールの天辺を軽く拭いて腰掛けた。

「雨なのに、ご苦労なこったなぁ」

「まったくだ」

校門の前でコーチと思しき人間が「ラスト十本！」と叫んでいる。目の前を結構なスピードで駆け抜けて行く高校生達は、口々に「増やすなっ」「くそっ」「死ねっ」などと悪態を吐いている。健全だ。

そんな中に、他の奴らにぐんぐん追い抜かれているのが一人いた。まだ中学生みたいに小柄な子だ。必死に駆けてはいるが、顎は上がっているし足は上がっていない。喉からひゅーひゅー変な音が出ていては、悪態を吐くことも出来ないようだ。

他の奴らはあっと言う間に俺達の前を通り過ぎて行くが、その子だけは回転寿司並みのスピードだった。だからというわけでもないだろうが、安斉が「頑張れ〜」と声を掛けた。

少年は鋭い目付きで安斉を睨み、なにも言わずに上って行った。

「はい、おまえはラスト十二！」

コーチに背中を叩かれ、上る時の倍くらいのスピードでフラフラ下って来る。

そしてまた、回転寿司。

「あ」

坂の上を見ていた安斉がなにかに気付き、俺を小突いた。彼の視線の先を追った俺も「あ」と声が出た。

「津村だよな、あれ」

「あぁ、そうだ」

ストップウォッチ片手に部員たちに発破《はっぱ》を掛ける坂の上のコーチは、あの津村だった。

「いいなぁ、体育会系は。好きなことやって、安定した職まで用意されてんだから」

こっちは知っているが向こうは俺達のことなど知らないだろうから、声は掛けなかった。

回転寿司少年が、殆ど歩くように目の前を通り過ぎようとした。

「津村なんかに負けんな」

また安斉が声を掛けた。

「止めとけよ、悪いよ」

俺が止めるのも聞かず、安斉はまた「いやぁ輝いてる。青春してるねぇ」と言った。

少年はさっきより更に鋭い目で安斉を睨み、「ペッ」と言った。唾を吐きたかったようだが、口の中がカラカラでなにも出ないらしい。

「一緒だな」

少年の背中を目で追っている安斉に、俺は言った。

「なにが？」

「おまえと一緒。〝なにがセーシュンだよ、おっさん〟ていう目だった」

安斉は「そうか？　俺はあんな頑張り屋じゃなかったよ。おまえもな」と笑った。

「そうだな……いや、どうだろう……分かんない」

「なんだい、そりゃ」

少年の坂道ダッシュがラスト八本になった頃、雨は上がった。

陽も暮れ掛けている。


ボス。俺達はなんとかかんとかあの頃を乗り越えて、今もなんだかんだで生きている。相変わらず他人を妬んだり社会に憤ったりするけど、それを表に出す時は出来るだけ笑い飛ばすくらいの勢いでやるようにしている。

ちゃんと出来てるかな、ボス。

いつか、返事が欲しい。いつでもいいから。

それまで、ゆっくり休んでくれ。ありがとう。

雲の切れ間に向かって、俺は声に出さずにそう言った。安斉も、空を見上げていた。

「やるか」

畳んだ傘をガードレールに引っ掛けながらそう言うと、空から視線を戻した安斉はきょとんとしていた。だがすぐに、その顔を「え〜、マジでぇ？」としかめた。

「久し振りだろ、意味のないことやんのは」

「今やったら〝意味ねぇ！〟って叫ぶ気力も残らねぇよ、きっと」

「はは、だろうな」

ぶつぶつ言いつつも、安斉は街路樹の乾いたところを探し、適当な枝を一本見付けると上着を脱いでそこに掛けた。

俺はシャツの袖をまくり上げ、ネクタイを外してポケットにねじ込んだ。

坂道ダッシュのノルマを終えたラグビー部員達はグラウンドの方へ戻り、回転寿司少年だけが最後に残された。少年は坂を下ると言うよりも惰性で動く玩具みたいにつんのめりながら、俺達の方へ向かって来た。

津村は一人で坂の上に残り、「あと六本だ、頑張れ！」と野太い声を張り上げていた。もう、ストップウォッチは気にしていない。

「悪い。やっぱ、止めとこう」

右に左にフラつく回転寿司少年を見ていて、ふと、そんな言葉が口を衝いて出た。

坂を下り掛けていた安斉は「なんなんだよ」と振り返ったが、俺の言わんとしていることはなんとなく分かってくれたらしい。

「うん、まぁ、そういうことかもな」

ダッシュの起点のところまで下った時、ちょうど回転寿司少年が追い付いて来た。

「生き延びろよ」

クルリと反転した彼の背中に、安斉が小さく呟いた。

チアノーゼが出始めている彼に、その言葉が聞こえているかどうか分からない。

「行こうか」

「あぁ、行こう」

上着を着、ネクタイを締め直し、俺と安斉は濡れた坂道を並んで下った。

初出

「ヨンパチ」書き下ろし

「褌《ふんどし》トランス」小説宝石　二〇〇三年七月号

「キリン」小説宝石　二〇〇六年一〇月号

「俺、もうオナニーだけでいいや。」小説新潮　二〇一〇年一〇月号

「鉄の手」小説宝石　二〇〇四年三月号

「R.S.V.P.Boss.」パピルス　二〇〇九年八月号

単行本化に伴い、大幅に加筆修正しております。

【著者紹介】

三羽省吾（みつば　しょうご）

一九六八年岡山県出身。
広告代理店勤務を経て、
二〇〇二年「太陽がイッパイいっぱい」で
第八回小説新潮長篇新人賞を受賞しデビュー。
〇六年『厭世フレーバー』、一二年『Ｊｕｎｋ』で
吉川英治文学新人賞候補。
その他の作品に『イレギュラー』『タチコギ』
『公園で逢いましょう。』『ニート・ニート・ニート』
『路地裏ビルヂング』など。

傍《かたわ》らの人

二〇一二年九月二五日　第一刷発行

著者　三羽省吾
発行者　見城徹
発行所　株式会社幻冬舎
〒一五一-〇〇五一　東京都渋谷区千駄ヶ谷四-九-七
電話　〇三(五四一一)六二一一（編集）
〇三(五四一一)六二二二（営業）
振替〇〇一二〇-八-七六七六四三
印刷・製本所　中央精版印刷株式会社

検印廃止

ISBN978-4-344-02242-3 C0093

幻冬舎ホームページアドレス　http://www.gentosha.co.jp/
この本に関するご意見・ご感想をメールでお寄せいただく場合は、
comment@gentosha.co.jp まで。

GENTOSHA